トップセクレタリー

アン・ウィール 作
松村和紀子 訳

ハーレクイン・ロマンス

東京・ロンドン・トロント・パリ・ニューヨーク・アムステルダム
ハンブルク・ストックホルム・ミラノ・シドニー・マドリッド・ワルシャワ
ブダペスト・リオデジャネイロ・ルクセンブルク・フリブール・ムンバイ

ECSTASY

by Anne Weale

Published by Harlequin Japan,
a Division of K.K. HarperCollins Japan, 2025

アン・ウィール

ロマンス界を代表する大御所。著名な作家だった曾祖父から物書きの遺伝子を受け継ぐ。新聞記者を経て21歳で結婚後、ロマンス作家として多くの物語を生んだ。ロマンスに関する独自の持論で後輩作家と意見を闘わせることも多々あったが、とても慕われていた。2007年、惜しまれつつこの世を去る。1980年代に書かれた長編は特に人気があり、入手困難のなか世界中のファンが彼女の本を探し求めているという。

主要登場人物

スージー・ウォーカー……………秘書。
キャンベル夫妻……………スージーの両親。
クリス・ウォーカー……………スージーの前夫。故人。
アリクス……………スージーの友人。
ウルフ・バイナー……………資本家。
ハンナ・アルゼンハート……………ウルフの前任の秘書。
ボリス・カシエフスキー夫妻……………ウルフの友人。

1

ニューヨークを離陸後三時間少々、英国航空の超音速ジェット機コンコルドは、ヒースロー空港に着陸した。

普通の便では日常茶飯事の大幅な遅れを出さないことが、荷物のあつかい、税関手続きの敏速さと共に、コンコルド自慢のサービスなのだ。というのも、コンコルドのお客の多くが世界を股にかけて活躍している大実業家たちで、たいてい運転手つきの迎えの車を用意させていた。

八十二人の乗客中、まっ先にタラップの上に現れたのは、黒い髪にとび色の目をした男だった。

彼は書類の入ったブリーフケース一つ持っただけで、大西洋の上を横切ってきた。ニューヨークを発《た》ったのは朝の八時三十分だった。が、時差があるので、ロールスロイスのドアを開けた運転手は、「こんばんは、バイナーさん」と言った。

バイナーはロンドン市内に向かう車中で、ポケットレコーダーに、用件を幾つか録音した。彼が今向かっているのは、高級住宅街メイフェア地区の中心にあるコンノートホテルで、ここ数年、そのスイートルームの一つが、彼専用に当てられている。そこがロンドンでの彼の住まいだった。ニューヨークではピエールホテル、パリではプラザ・アテネだ。

週末には別荘や城、ハンティング・ロッジの客になり、ホストの側はたいてい夫婦間のもめごとや子供たちの心配、諸経費のことなど細かい問題に頭をいためているのだが、彼にはそんな悩みは一つもなく独身の気軽さを満喫しながら、家庭的な田園生活を楽しむのだった。

生活イコール旅が、彼のライフスタイルだ。不経済でぜい沢だが、わずらわしさがない。

出世途中の若いころは、プレイボーイとして名を馳《は》せたこともある。彼はまだ三十歳台で、しかもすでに実業家として財界にゆるぎない地位を築いていたが、女性関係でゴシップ屋を喜ばせるようなことはなくなっていた。とはいうものの彼らは飽かずに、彼と美しい女性たちとの結婚のうわさ話を書きたてた。

ホテルの部屋に着くと――その部屋の絵画や美術品は彼の意向にそって彼のコレクションで飾られていた――バイナーはニュースを見ようと、テレビのスイッチを入れた。

音声が出ないで、画像だけが現れた。そこには三人の人間が映っている。女性の一人は見覚えのあるインタビュアーだった。ほかの二人は何者なのかわからない。彼にとってはどこといって興味を引くところがなかったが、若い女の顔を見て、彼はチャンネルを切り替えようとしかけた手をふと止めた。

年は二十代の半ばくらいだろうか、金髪を広い知的な額から後ろへ引っつめてまとめている。肌が美しく、大きな灰色の目をしていた。化粧と名のつくものは、形の良い情熱的な唇にさした淡いピンクの口紅だけだった。その唇は、彼女のほかの部分とはまるで違った雰囲気を持っていた。

頭に被《かぶ》りものこそしていないが、彼女は平服の修道女のように見えた。白いブラウス、簡素な灰色のスーツ、灰色のストッキング、中ヒールの飾りのない黒い靴。

座り方もきちんと両足をそろえてひざ小僧をかくし、ゆるく手を組み合わせている。顔だちも修道女のように静かな顔だった。じぶんの姿が映っているモニターに目を走らせることもなく、落ち着かない身振りもしないし、意識過剰にもなっていない。

バイナーはその時になって、テレビが故障したらしく、音声が出ないことに気がついた。彼は電話に歩み寄り、大至急かわりのテレビを持ってくるように言うと、なおもじっと灰色の服の女を見続けた。

彼女がインタビュアーの質問に答える番になった。彼女は一言二言話し、微笑した。灰色の目にユーモアが躍った。ある質問に彼女は笑った。すると唇の間にきれいな白い歯がこぼれた。

彼女は何者だろう？　なぜテレビに出ているのだろう。バイナーは気になった。

その解答は、イギリスのどの新聞にも載っており、新聞は向こうの壁ぎわのテーブルの上にきちんと重ねて置かれていたが、バイナーがそれを読んだのは後のことで、かわりのテレビが運ばれてくる前に、そのインタビューは終わっていた。

質素なホテルの一室で、スージー・ウォーカーはアリクス・ジョンソンと一緒に見ていたテレビのスイッチを切った。数時間前に録画どりしたインタビューの番組が終わったところだった。

「あなた、ちっともあがっていなかったわね。局の人が前もってジンでも振る舞ってくれたの？」アリクスはきいた。彼女は急にちょっとした有名人になったスージーが出る番組を見ようと、時間ぎりぎりに駆けつけてきたのだった。

スージーは今は灰色のスーツからワンピースに着がえ、引っつめて固いまげにまとめていた髪を解いて、肩に波打たせていた。「別に難しいことは何もなかったわ。きかれることは事前に知らされていたから、答えを用意しておいたの。私のことはもういいわ。それより、あなたのことを聞かせて。本当にアリクス、あなたに会えてとても嬉《うれ》しいわ」

二人は幼友達で、今でも親友だった。が、スージーはヨークシャーの小さな町に残り、アリクスはロンドンに出て、とある有名な医大付属病院の看護師になっていた。

「私もいつもあなたに会いたいと思っていたわ。あなたがもっとロンドンに出てきてくれたらいいのに。お給料だって私よりずっといいんだし、余裕はあるでしょう。それに、あんな退屈なブロックソープの町にいつまでもしがみついていることないわよ。あなたがよく我慢していられるものだと思うわ」

「そうね、父が引退して母の世話ができるようになったから、たぶんこれからはもっと出てこられると思うわ。実のところ、ハワードさんも年だからそろそろ仕事をたたむ気になっているし、私も転職を考えているの。フランス語とスペイン語ができるなら、それを生かせる職についたほうがいいと、ハワードさんも言ってくれているし」

「そのとおりよ。田舎にうもれていることなんかないわ。さっきのテレビで、何かいい仕事が舞いこんでくるかもしれないわよ。仕事を変えたいと思っていると言わなかったのは惜しかったわね。あなたは〝イギリスのトップセクレタリー〟なんですもの、良い職場がよりどり見どりのはずよ」

スージーは笑った。「新聞記事をうのみにしちゃだめよ。私が本当に誰よりも優れた秘書というわけじゃないわ。ただそういう賞をとったというだけのことよ。今年は六百人の応募者があって、その中で私がたまたま最高点をとったというだけ。能力はみんなどんぐりの背くらべなのよ。ねえ、私、お腹《なか》がぺこぺこ！　何か食べに行きましょう」

アリクスはロンドンに出てきて以来恋愛遊戯に事欠かず、その相手はおおかた医学生か金のない若い医者だったので、安く食べられてしかもおいしい店ならよく知っていた。彼女はスージーをイタリアンレストランに連れていき、二人とも体重を気にする必要など全然なかったので、パスタ料理とホームメイドのアイスクリームをたっぷり食べた。

食べながらアリクスは、今真剣な気持で交際しているマイクという医者とのロマンスを打ちあけた。アリクスは結婚したいと思っているのだが、彼はなかなかプロポーズしてくれないのだという。

二人は同棲《どうせい》はしていないが、交際をはじめて間もなく深い仲になっている。アリクスがこれまで何人恋人を持ったか知ったら、田舎の親たちはショックを受けるにちがいない。けれどそれは、アリクスがふしだらなのではない。ただ、男には許されるが女には許されないという一時代前までの性道徳など、頭にないだけなのだ。心をひかれた男とベッドを共にしていけない理由はないというわけだ。

そういう事に関して、スージーはじぶんがどちらの側なのかわからない。体験的に確かめる機会もなかった。スージーは十代半ばで隣家の少年と恋に落ち、十九歳の時処女のまま彼と結婚した。そして二十一歳で未亡人になってしまった。

立ち直るのに長い時間がかかった。気づいてみると、まわりにいた若者たちはヨークシャーを出てしまうか、結婚してしまっていた。スージーもヨークシャーを出たいと思ったが、体の不自由な母をほうっていくわけにはいかなかった。

というわけで、二十四歳の今、スージーは未亡人を通していた。一人二人知り合った男性もいたが、彼らは未亡人といえば、男に飢えて抱かれることばかり望んでいると思いこんでいる類《たぐい》で不愉快な結末に終わった。

「しばらくの間マイクと会わずにいたほうがいいと思うけれど」スージーは言った。「そうしたら彼は、あなたが大事なんだってことに気づくんじゃない？」

「あるいは、私なんかなんでもないってわかるかもしれないわね」スージーが黙っていると、アリクスは続けた。「あなたの考えはわかっているわ。それなら彼は私を本当に愛していないのだって言いたいんでしょう。でも、要は私が彼を愛しているってこと。今のまま続けていけば、彼は公然とした関係になる気を起こすと思うのよ」

　スージーにしてみれば、そんな状況はとても耐えられない。がその昔アリクスは、二十《はたち》にもならないうちに結婚して身を縛るなんてと、スージーに言ったものだった。

　人の忠告というのは役に立たない。じぶんで判断し体験してみて、初めてそこから何かを学ぶものだ。クリスとの結婚にしても、平穏無事に一生続くものだったかどうかはわからない。

　振り返ってみると、当時のじぶんはなんて軽薄な娘だったのだろうと、我ながらあきれる。ファッション雑誌しか読まず、初めての会社勤めにうんざりして、夜クリスと踊りに行くことだけしか考えずに生きていた。

「クリスのことを思い出しているんじゃない？」アリクスが優しくきいた。

　スージーはうなずいた。

「もう三年もたつじゃないの、スージー。あなたがいつまでもくよくよしているのを、クリスだって喜ばないでしょうよ。やっぱりあなた、ブロックソープを出なくちゃだめ。あそこには誰一人面白い人なんかいないじゃない」

「そうね……私、もうクリスのことを悲しんではいないわ」スージーは静かに言った。「もちろん、彼のことはいつでも心の片隅にあるわ。でも、誰かほかの人を愛することができそうな気もしてきているの」

「それなら、相手にだけは気をつけなさい。ずっと語学と秘書の資格をとるために勉強しかしなかったのだもの、ちょっとすてきそうな人に誘われたら、難なく陥落しかねないわ」アリクスはそう言って笑った。

　スージーは、次の晩もアリクスと会う約束をした。忙しい一日で疲れてもいたので早目にホテルに戻ると、部屋のドアの間にたたんだ紙がはさまれていた。ロンドンにはアリクスのほかには誰も知り合いはなかったので、父から電話でもあったのか、家で何か悪いことでも起きたのかと不安になった。

が、それは、一緒にテレビに出演し、賞のことや応募者の資格能力などについて話をした、ロンドン商工会議所の代表のクーパー氏で、電話をするようにという伝言だった。

〝至急〟とはどういうことかしらと思いながら、スージーは部屋に入り、彼の電話番号をまわした。

「ああ、ウォーカー夫人」彼は言った。「あなたはたしか明後日までロンドンにいるんでしたな？」

「そうですわ、クーパーさん。明日は見物と買い物をして、夜はお芝居を見に行くつもりでいます」

「なるほど。しかし、店や博物館が開くのは九時半か十時だから、バイナー氏と朝食をしても、あなたの予定に差しつかえはないでしょうな」彼は冗談でも口にしたように笑った。

「バイナー氏？」

「ウルフ・バイナー。富豪のね」

「申しわけありませんが、私にはその方のお名前は初耳ですわ。有名な方なのですか？」

「シティでもウォール街でも常に注目を集めている大実業家で、世界でも指折りの大金持ですよ」クーパー氏は、スージーがロックフェラーとかロスチャイルド財閥を知らないと言ったのと同じくらい驚いた口調で言った。

「まあ！　でもその方がなぜ私と朝食を？」

「その時間しか体が空いていないからですよ。彼は我々が出たテレビ番組にたまたま目をとめて、あなたをぜひ秘書として採用したいと思ったそうでね、八時にホテルに来てほしいと言っています。面接の結果を私の事務所に知らせてもらえるでしょうな。もし採用ときまれば、賞の評価をぐんと高める素晴らしいニュースになる。バイナー氏が滞在しているのはコンノートホテル。あなたが泊まっている所から歩いていくのは無理だから、タクシーに乗りなさい。朝八時にコンノートホテルです。メモしなくていいかね？」

「もういたしましたわ」

「結構——では良い結果を待っていますよ。私の所に電話を忘れないように」

電話を切った後でスージーは、しばらく小さいきちんとした字で書かれたメモを見つめていた。

ウルフ・バイナー。コンノートホテル。午前八時。

イギリス人かしら、それともアメリカ人？　きっと、アメリカ人ね。イギリスの人でクーパーさんが言ったような人物なら、一度も名前を聞いたことがないなんてことはあり得ないし、それに、ホテルに泊まっているというのだから。

アメリカ人はイギリス人の執事を持つのをステータス・シンボルと考えていると、いつかどこかで読んだことがある。たぶんバイナー氏も、イギリス人の個人秘書を同様のものに感じているのだろう。クーパー氏が笑ったのもわかる。そんな億万長者と朝食を共にするチャンスは、バッキンガム宮殿に招かれるのと同じでめったにあることではない。ロンドンでのみやげ話がもう一つできるわけだ。彼が泊まっているのが、リッツとかサボイとかドーチェスターとかいう有名な豪華ホテルでないのが残念……コンノートホテルなんて、聞いたことがない。

次の朝の八時二十分前に、スージーは、バイナー氏が宿泊しているエドワード朝建築のホテルの前に立っていた。

朝六時に目が覚めてしまったので、歩いてくることにしたのだ。前の晩に宿の受付でコンノートホテルの場所を尋ねると、ツーリスト用の地図をくれた。それを頼りにリージェント・ストリート、ボンド・ストリートを見物がてら、バークリー・スクエアをまわって歩いてきた。

朝のその時間のロンドンの町は人通りも少なく、静かだった。スージーは、はき心地の良い踵《かかと》の低い靴をはき、足どりも軽やかに歩いてきた。

昨日は新聞やテレビのインタビューのために、事務所で働く時の服装をしていた。今日は髪はきちんと結ったが、ずっとくだけたスタイルだった。キャメル色のプリーツスカートと同色のカーディガン、クリーム色のオープンカラーのブラウスの襟元にはスカーフを結んでいた。

その格好がバイナー氏の心証を損ねたとしても、構わない。考えてみたが、アメリカで働く気持にはなれなかったのだ。ブロックソープからは遠いし、環境が違いすぎる。

ホテルに入るにはまだ少し早かったので、パークレーンの方へ行ってみようと、スージーは通りを横切った。と、向こうから背の高い髪の黒い男がやってくる。

ハイド・パークでジョギングをしてきたのだろう、黒の運動着の上下にランニングシューズをはいている。スージーはこちらにやってくる男の、長い脚のしなやかな動きに思わず見とれてしまった。スージーより若い、二十一、二歳の青年に見えた。いかにも元気はつらつとしており、在りし日のクリスのようだった。

が、しだいに近づいてくるのを見ると、男は思ったより年齢が上だった。濃く日に焼け、イタリアかギリシャあたりの人のような顔だちをしていた。しかし背は高く、脚はスカンジナビア人のようにすらりと長い。

スージーはじっと見ていたことを気どられないように、向こうの建物をながめるふりをして目をそらした。

彼は二、三歩行きすぎてから言った。「おはよう、ウォーカー夫人。ウルフ・バイナーです」

スージーは驚き、とび上がりそうになった。彼は、スージーが頭に描いていたアメリカ人実業家のイメージとは、あまりにも違っていた。

「僕の手は今汗でべとついているから、握手はシャワーを浴びてからにしましょう。君がもう来てるとは思わなかった。いつも早目の性分ですか?」彼は突っ立っているスージーを促すように手招きした。

「いいえ。私、ロンドンに不慣れなので、ここまで歩いてどのくらい時間がかかるか、よく見当がつかなかったんです」

「どこに泊まっているんですか?」

「大英博物館の近くです」

「ブルームズベリからじゃ、かなり歩きでがあるから、その靴をはいてきたのは賢明だったな。君はよく歩くんですか?」

「はい、週末にはしばしば。歩くのにはちょうど良い田舎に住んでいますから」

彼は記憶力がいいようだ。田舎はどこかとはきかなかった。「スコットランドに行く時に、ヨークシャーの上を何度か飛んだことはあるが、まだ一度も行ったことがないなあ。ずっとそこに?」

「生まれてからずっとです。旅行もあまりしたことがないので、ロンドンもまるで不案内なんです。あなたはずいぶんあちこちに行かれるのでしょうね」

「旅が僕の生活です。好きでもあるし。一箇所にじっとしていると落ち着かなくなる。君がいつも約束の時間より不必要に早く来る習慣でなくてよかった。遅刻同様それも時間の無駄遣いですからね。朝食は何がいいかな？」

「あの……なんでも、あなたの召し上がるもので」

「僕の食べる物は君の好みに合わないと思う。君は何にする？」質問した時にははっきり答えてもらいたいということを、彼は口調に含ませて言った。

「グレープフルーツと炒り卵《スクランブルエッグ》をお願いします」

「紅茶？　コーヒー？」

「コーヒーを」

　二人はホテルに着いた。

　朝食はダイニングルームでとるのだろうから、彼はシャワーを浴びて着がえてくるまで下で待っているように言うにちがいない。そう思ってスージーは、エレベーターの方に歩いていく彼に、ためらいながら声をかけた。「ここでお待ちしていましょうか？」

「いや、上に僕の居間がある」

「まあ……そうですか」富豪と呼ばれる人たちがホテルに寝室だけでなく居間もとるということはスージーも知っていたが、そういうぜい沢な世界はじぶんの日常とあまりにもかけ離れたものだったので、訪問者と一緒でも個室で食事をするという考えは頭に浮かばなかった。

「差し向かいでは異議があるかな、ウォーカー夫人？」彼は黒い目にちらりとおかしそうな光を浮かべた。

　スージーは赤くなった。「いいえ、少しも」

　彼の顔や首筋には、ランニングでかいた汗の跡があった。エレベーターの密閉された空間の中で、スージーはすっかり忘れていた、清潔で健康な男性の体が発散する匂《にお》いをかいだ。新鮮な刈り草の、土の匂いの混じったかぐわしさに似ている。テニスをした後のクリスの熱いたくましい体から、こういう奇妙にエロティックな男の匂いがしていた……。

　見る物聞く物がすぐ思い出に絡みついてゆくということは、このごろではもうめったになかった。が、今スージーは、クリスと友達二人で楽しくゲームをした暑い夏の午後のことを、まるで昨日のできごとのように思い出していた。

みんなとても若く、気苦労など何もなかった。まさかあんなことが起こるなんて……。

スージーは急いで悪い夢のような思い出を締め出し、目の前にいる相手の男に注意を集中しようとした。額の黒い汗とりバンドが、髪や目の色、角ばった顔の作りによく映っており、ブロンズ色の肌をしたアメリカ・インディアンを連想させる。

広々とした居間に入るとすぐに彼は電話機をとり上げ、朝食を注文した。スージーは、彼にアメリカ訛《なまり》が少しもないことに気がついた。

「十分で戻る。どうか楽にしていてくれたまえ」と彼は言い、スージーを残して出ていった。

広いぜい沢な調度の室内をぐるりとながめながら、スージーは象牙《ぞうげ》色と淡い砂色を基調にした部屋の、心安らぐ落ち着いた雰囲気を素晴らしいと思った。

母ならこういう色を非実用的だと言うだろう。メアリ・キャンベルは、汚れの目立ちにくい模様のある敷物や花柄のカーテンや椅子カバーを好んでいた。スージーは母が大好きだが、部屋作りの好みは別で、この部屋のほうがずっと心にしっくりとくる。

こんな部屋に泊まると、いくらくらいかかるのだろうと、つい思ってしまう。足の下の深々としたウールの敷物から、床まで届く大きな長いリネンのカーテンに至るまで、あらゆる物にかなう限り最高の材質が用いられていた。黒に金をあしらったうるし塗りのキャビネットや骨とう品類が仮に模造品だったとしても、それなりに非常に高価なものにちがいない。ホテルの一室というよりは、貴族の田舎の邸宅の客間のようだった。

素晴らしい数々の絵画。中でも大きな美しい裸婦の絵が目をひいた。

スージーは絵から書物に目を移し、そしてまた、ホテルの部屋に備えるにしては幅広い内容の蔵書であることに驚いた。

スージーがイスラム美術の本をぱらぱらとながめていると、外廊下側のドアの鍵《かぎ》がかちりと鳴った。そしてウエイターがワゴンを押して入ってきた。

「おはようございます」ウエイターは、スージーを見ると言った。

「おはようございます」

ウエイターは半円形のテーブルの上から、アザリアを生けた花びんを移した。そしてそのテーブルを窓ぎわに寄せると、たれ板を上げて丸いテーブルにこしらえ、よくみがかれたマホガニーをまず厚いフェルトでおおい、それから白いダマスク織りのテーブルクロスを掛けた。

パーコレーターのプラグを差しこむと、安楽椅子を引いてきてテーブルに向かい合わせに置き、たちまち席を二つ作った。

その一連の動作は、あわただしさを少しも感じさせることなく、てきぱきと行われた。時計のチャイムが鳴りはじめると、彼は運んできた水差しの中の深紅のカーネーションを一本抜き、濡《ぬ》れた茎を拭《ふ》いてテーブルの上に置いた。

時計が八時を打ちだすと同時に、内側のドアが開き、ウルフ・バイナーが現れた。

「おはよう、バーンズ」

彼はテーブルの上のカーネーションをとりあげると、茎を折って上着のボタンホールにさした。

ダークグレーのスーツにピンクのシャツ、グレーのネクタイという装いに、花をきちんとつけると部屋を横切り、スージーの方へやってきた。

「さて、今度は握手ができる」

彼は黒い髪をきれいになでつけて、広い知的な額を露《あらわ》にしていた。運動選手のような体は、完璧《かんぺき》な仕立てのスーツに包まれて目立たず、さっきの彼とは別人のようだった。握手しながら、スージーは彼の肉体的な活力だけでなく、知的な迫力も感じた。

　この人には、レーザー光線のように心の中まで切り裂かれそうだと、スージーは思った。常識をテストしたり仕事への態度について質問した、年配の実業家の審査員団には、ウルフ・バイナーのような恐ろしさは感じなかった。こちらから断ることばかり考えていたのは思い上がりだったことがわかった。むしろ面接にパスできそうもないというのが、今の感想だった。

「朝はいつも何時に起きるのかな、ウォーカー夫人？」テーブルに歩み寄りながら、バイナーは言った。

「冬は七時です。夏はもう少し早く」

　バイナーはスージーに席を示した。スージーは椅子を引いてくれたウエイターにほほ笑んだ。

「僕はいつも六時だ。ジョギングに出るのに暗すぎる時には、その前に一仕事することにしている。僕はそれほど睡眠を必要としないんだ。君は？」

「私はきちんと八時間はとります」

　スージーは果物の大きな鉢に目をやった。桃、オレンジ、さくらんぼ、プルーン——バイナーはその上にヨーグルトをスプーンでかけている。

「君をテレビで見た後、調査して、資格そのほかだいたいのことはわかっているのだが、一つ二つ知っておきたいことがあったんでね」

「わかりましたわ。でも最初にお断りしておいたほうが良いと思いますが、私は現在職についておりますし、その仕事にもサラリーにも不満はありません」

「昨日まではたぶんそうだったろう。が、僕が提供しようとしているポストは、あえて強調するが、現在の仕事よりずっといいはずだ。世界を見たくない、今の二倍のサラリーも欲しくない、というなら別だが……」

「私の現在のサラリーをご存知なのですか？」スージーは驚いた。

昨日、新聞の記者会見の席でも収入について質問が出たが、スージーはそつなくはぐらかして答えておいたのだった。

「いや。しかし見当はつく」バイナーは、スージーの所得にほぼ等しい額を言い当てた。

「ええ、そんなところです」スージーはグレープフルーツにスプーンを入れた。「今秘書をなさっている方は、なぜお辞めになるんですか？」

「結婚することになった。僕はずっと勤め続けてほしいと思っていたのだがね。彼女は四十歳なんだが、ティーンエージャーが三人もいる男やもめと親しくなった。自由を失ってきっと後悔するにちがいないと僕は思うのだが、説得して彼女の気持を変えることができなかった。君はご主人を亡くしてどのくらい？」

「三年です」

「新聞によれば、今のところ再婚の予定はないということだったが、そのとおりなのかな？」

「はい」

バイナーはスージーの小さな真珠のイヤリングから無色透明のネイルエナメルまで、すべてを品定めするようにながめた。

「再婚する気持はあるが、まだ数年はしないという意味どとるべきなんだろうね。ここで、一つはっきりさせておかなくてはいけないと思うが、僕が例外的な高給を出すのは、仕事がいわゆる九時五時勤務に納まらないからだ。僕は普通の人間の二倍は仕事をする。だから社員にも同じことを望む。定時間内だけ働き、常に土、日は休みというんじゃない。プライベートな社交面に支障をきたすこともあると思う。が、それなりの役得もあると思ってくれ。仕事で泊まるのは僕と同じホテル、旅行は常にファーストクラス、そして年に何カ月かは、太陽を浴びにカリブ海か太平洋に行く」

　スージーは、今の段階ではどんな返事も差し控えておこうと考えた。嘘《うそ》のように良いことずくめに聞こえるからだ。勤務時間が長いことや休暇が不規則なのは、さして問題ではなかった。が、まだほかにも不利な条件があるかもしれない。

「旅行をなさっていない時のお住まいはどちらなのですか？」スージーは尋ねた。

「いわゆる家というのは持っていない。ロンドンにいる時には、ここが僕の家だ。僕にとっては、快適に暮らせる場所、それがすなわち家なんだ。自分の家を所有したいという一般的欲求が僕にはなくてね――もっとも、身のまわりに少しは私物を置いておきたいとは思う。本とか絵とか」

「イギリスにもアメリカにも会社をお持ちだそうですが、お国はどちらなのですか？」

　バイナーは果物を食べ終え、ナプキンで口を押さえた。大きくて形の良い口だと、スージーは思った。

「僕は自分を世界市民だと思っている。すべての人間がそういう意識でないのは悲しむべきことだ。どこで生まれたかとか、パスポートに記される国籍なんて意味のないものさ。飛行機の上から地球の丸い地平線や、空が暗黒の宇宙と一続きになっているのを見てみたまえ。国家などという概念が、政治家や権力の亡者にしか益のない、古くさいものだということがわかる。キップリングの言葉を借りれば――地球、そしてその中のすべてが我々のもの。国境や壁なんてあってはならないんだ。行きたいと思う所に行き、住もうと思う所に住むのに役人の許可をもらわなくちゃならないはずなどないんだ」

「でも、それは実際的でしょうか？」

「なぜ、そうではない？」

スージーが心に感じたことを理の通った返答にまとめる前に、ウエイターが再び皿を載せたワゴンを押して入ってきた。

スクランブルエッグはたった今調理されたにちがいなく、ふわっとしてしかもしっとりしていた。

バイナーは朝からにしんにマシュルームとトマトのソテーを食べている。長身で肩幅の広い体軀《たいく》にふさわしい健啖《けんたん》ぶりだった。

また二人きりになると、彼は質問をくり返してスージーの答えを促すかわりに言った。「おそらく、僕は、八人の曽祖父母のうち五人までがそれぞれ異った国の出身ということがあって、国籍云々《うんぬん》の観念を捨て去りやすかったのかもしれない。二代後に父親がアメリカ人、母親がイギリス人という所に生まれたが、僕の中にはいろいろな祖先の血が流れているわけだ。君の家は？　ご両親ともヨークシャーの出身？」

「父はスコットランド、母は西の地方の生まれです」

「お父さんの職業は？」

「獣医でした。ふた月前に引退しましたが」

「ということは君の上にきょうだいがいるんだね」

「姉が三人。一番上の姉は父と一緒に仕事をしていた人と結婚し、今はその義兄が父の跡を継いでいます。ほかの二人は農家へ嫁いでいます」

「そして君は農業機械を作る会社に勤めている。学校を出てからずっと同じ所で働いているのかな？」

「はい」スージーは率直に答えた。「最初私は仕事にさして真剣ではありませんでした。結婚するまでの腰かけと思っていましたから。当時は結婚して子供を産むことが何よりの望みだったんです。その後夫が亡くなり、何かで心をまぎらさずにいられなくなって、仕事に打ちこみました……そのできごとを忘れたくて。けれどしばらくすると、本当に仕事が面白くなって、ベストを尽くそうと努力したわけです。一年間一般事務をしてから、社長秘書になりました。以来ずっと、ボスについて仕事をしています」

「それなら、もう転職の時機だな。君が有能であることは疑わないが、しかし〝イギリスのトップセクレタリー〟というタイトルを名実共に満たすためには経験を広げる必要がある」

「確かにそのとおりですわ。でもつい最近まで、私は家から離れられませんでした。母が病弱で、一人で家を切りまわせなかったからです。今は父が一日家におりますので、事情は変わりました。父は元来家庭的な人なのですが、これまでは仕事が忙しく、家の中のことまでするのはとても無理だったんです」

「すると今君は、意思しだいですぐにもヨークシャーを離れることができるわけだね」

「必ずしもそうはいきませんわ」

「なぜ？」

「今の会社で長い間働いてきました。一カ月前に辞表を出せばそれで済む、かわりが見つかろうが見つかるまいが知らぬ顔というのでは、恩義に欠ける気がします。あなたの秘書も、そんな辞め方はなさらないはずですわ、バイナーさん」

「確かに。三カ月前に申し出たよ。今度の旅に彼女が同行しなかったのは、後任の選出に当たっているからだ。六十四人応募者があったが、僕がニューヨークに戻るころには、六人にしぼられているだろう」

「そういうことでしたら、なぜ、わざわざ私を？」

「テレビで見た君が非常に印象に残った。ああいう媒体は、普通その人間の欠点をもろに暴き出す。ところが君は大変感じが良かった。落ち着いていたし、ユーモアのセンスも見せた。職業的な資格も無論だが、そういう点も僕の秘書というポストにうってつけの人物だと思った。フランス語はどのくらいできるのかな？」

バイナーがその質問をフランス語で言ったので、スージーもフランス語で答えた。「少し時代遅れの感じはあるかもしれませんが……。毎週一時間、近くに住んでいるフランス人の老婦人に会話を習っています。その人はフランスを離れてから長く、それに新しい流行《はや》りの言いまわしなどを使う人ではないものですから。そのお仕事には、フランス語も必要なのですか？」

「しょっちゅう必要になる。僕は明日パリに行き、三、四日いる予定だ。スペイン語も、スペインやラテン・アメリカで活用してもらうことになる。君はじぶんを社交的な人間だと思うかな？　それとも独りでいるほうが好きなのかな？」

「そうですね。良い本とパーティのどちらかを選ぶとすれば、私は本を選びます」スージーはしばらく考えてから、慎重に答えた。

「読書のほかに何か趣味は？　ハンナには――今の秘書だが――二つある。写真と編み物だ。知った人間が一人もいない土地や、暇な週末をつぶすには何よりの気晴らしになるそうだよ」

「今のところ私には、趣味といえるようなものは一つもありません。資格をとる勉強と家の手伝いと、姉たちの子供のお守りなどで、暇な時間がありませんでしたから。でも、もし採用してくださるということになったとしてですが、私は町を見物してまわりますわ。このロンドンを知るのにも、何カ月もかかると思いますもの」

「確かにそうだ」

スクランブルエッグで、スージーの空腹はすっかり満たされた。スージーはコーヒーだけおかわりした。

「たばこは吸う？」

「いいえ、吸いません」

「それは賢明だ。僕も吸わない。他人が吸うのも嫌いだ」

「幾つか質問してもよろしいでしょうか？」

「すでに君は幾つか質問しているよ」バイナーは言った。「どうぞ、なんなりときたまえ」

「あなたが大きな力のある資本家でいらっしゃることは知っております。けれど、どういった所に投資なさっているのか、わかりません」

「国やその年の状況によって様々だが、例をあげれば、ベルギーのチョコレート会社、イギリスの二つの保養施設、バージニアの種馬飼育場、イタリアのモーターヨットの工場」バイナーは微笑した。「僕のことを調べたいのなら、たやすいことだ」

彼は上着のポケットから黒革の札入れとペンをとり出した。札入れから名刺を出し、その上に名前と電話番号を書いて、スージーの前に置いた。

「ここに掛ければ、英国銀行総裁の秘書が出る。昨夜君に連絡をとった男にコンタクトしたのが彼女だ。彼女は、僕の言葉に嘘がないことを証明してくれるはずだ」

「私はそんなつもりで……」

「用心深いのは非常に結構なことだ。ヨーロッパでもアメリカでも、表向きはしっかりした実業家を装って、その裏ではあくどく不法な行為をしている者がいるからね」バイナーはもう一枚名刺を出し、それとペンをスージーに差し出した。「君の家の住所と電話番号を書いてくれないか」

スージーが書いていると、内側のドアが開いた。目を上げると、男物の絹のドレッシングガウンを着た、背のすらりとした、美しい赤毛の女性が現れた。彼女はスージーを見ると足を止め、少し当惑したような顔をした。

ウルフ・バイナーは立ち上がった。「おはよう。ずいぶん早起きをしたね」彼は女の側《そば》に歩み寄り、頬にキスをした。そして彼女の腰に腕をまわし、スージーの方に向き直った。

「こちらはウォーカー夫人。君もたぶん、昨日の新聞で見たと思うが、秘書の技能コンテストで金メダルをとった人だ。ゆうべ言っておいただろう、ハンナのあとをうめてもらえるかどうか、朝食をしながら話をしていたところだ」

「ああ、そうだったわね。私、すっかり忘れていたわ」女はちょっとバイナーにもたれかかった。ふわりとした髪が彼の肩にふれる。「はじめまして、ウォーカー夫人。金メダルおめでとう」

「はじめまして。ありがとうございます」

スージーが住所を書き終えると、バイナーはその女性に言った。「僕はあと五分で出かける。昼食の時に会おう。食事はどこがいい？」

「午前中にナイツブリッジで買い物をするの。バークリーホテルがいいわ」

「じゃ、バークリーで一時に。君の朝食を注文しようか？」

「いいえ。私、まだシャワーも浴びていないから、後にするわ。どうして目が覚めてしまったのかしら。あなた、ほんとにこんなに早くお出かけにならなきゃいけないの？」彼女は、一緒にベッドに戻りましょうよと言いたげな、甘ったるい声で言った。

「九時半にシティで人と会うことになっているんだ。午後は君と過ごせるよ」

見るまでもなく、スージーには二人が交わす目つきが、充分想像できた。名刺をテーブルに残して席を立つと、バッグとカーディガンをとり上げた。

「朝食をごちそう様でした」

二人は、寄せ合っていた体を離した。

「これからどこへ行く予定かな？　車に乗せていってあげよう」

「ありがとうございます。でも、私はロンドン塔へ行ってこようと思っていますので、地下鉄で大丈夫ですわ」

「ラッシュアワーの地下鉄は恐ろしくこむ。ロンドン塔なら、さほど遠まわりになるわけではない。送っていこう」バイナーはきっぱりと言った。彼は女性の方を振り返った。「ウォーカー夫人は手を洗いたいと思っているだろうから、バスルームに案内してくれないか、ベリンダ。僕はブリーフケースをとってくる」

　ベリンダという女性は先に立って歩き出した。ダークグリーンの絹のガウンの下は何も着ていないにちがいない。

　口紅を直しながら、スージーは思った。バイナーはいつもこんなに、人がどうしたがっているかということに気がまわるのだろうか。それともほんの二、三分でもベリンダと二人きりになりたかったのだろうか。

　二人は結婚してどのくらいになるのだろう。あの感じでは、まださほどたっていないはずだ。男女の欲情を、さっきほどぴりぴりと意識したことは今までなかった。

　スージーはブラウスの袖口をまくり、レモンの香りのする石けんで手を洗いながら、バイナー夫妻は寝室で抱き合っているにちがいないと思った。

　絹のガウンが床に落ち、ベリンダの体がバイナーのブロンズ色の手の愛撫《あいぶ》に震えている様がくっきりと目に浮かび、スージーは困惑した。

　まるで、テレビか映画でラブシーンを見ているようだった。スージーは体が疼《うず》くのを感じた。スージーはたまにではあるが、愛されたいと痛切に思うことがある。

あと六年で三十――こういう肉体的な憧《あこが》れを満たしてくれる人には、もう出会えないのではないだろうか？　機を逸してしまったということか。ハンナのように、後妻の口に納まれば幸福と思わなければならないのかもしれない。

ベリンダはあいさつをしに現れなかった。エレベーターで下へ降りながらスージーは、あの人は彼の初めての奥さんなのかしら、いつもホテル暮らしでいやではないのかしらと思った。

黒のロールスロイスが待っていた。「おはようございます」運転手がお辞儀をした。

「おはよう、リバーズ。ロンバード・ストリートへ行く前に、ウォーカー夫人をロンドン塔に送っていきたい」

「かしこまりました」

「宝石類に特に興味を持っているのかい？」車の中でバイナーはスージーにきいた。

「そうではありませんが、ロンドン塔は大変歴史的なものですから、ぜひ見たいんです。あなたはいらしたことがおありですか？」

「いや。あの時代の英国史には興味がないのでね。僕なら、むしろギャラリーに行く」

彼は長い脚を組んだ。みがきあげられた黒革の靴と、グレーの絹のソックスに包まれた形の良い足首が見えた。

スージーがメイフェアから歩いてきた時に比べると、交通量はずっとふえていた。が、テムズ川沿いのエンバンクメントに出ると、ロールスロイスはなめらかにスピードをあげた。

「ギャラリーはどこが一番良いのでしょうか？」スージーは尋ねた。

「絵を売っている所が知りたいのかい？　それとも美術館？」

「美術館です」

バイナーはロンドンにある美術品のあれこれについて話してくれた。彼がかなりの鑑識家であることがわかった。スージーはじぶんの教養のなさをあらためて痛感した。

　面接についてバイナーが一言も言わなかったので、スージーは不合格だったのだと思った。

「さっき話したことから察するに、君は現在のところ仕事を変わる意思がないわけだね」そう彼が言ったので、スージーは驚いた。

　スージーは、彼の秘書になりたいと、突然思った。どうしてもなりたいと思った。

「いいえ、そういうわけでは。ハワードさん――私の今の上司ですが、彼はまもなく引退するはずですので、転職することは考えていません。けれど彼が引退するまでは辞めることができません」

「なるほど」バイナーは身を乗り出し、運転手に声をかけた。「リバーズ、出なくて構わんよ。エンジンはそのままで待っていてくれたまえ。一、二分だ」

　車はロンドン塔の入口の近くでとまった。バイナーはすばやく外に出て、スージーが降りるのを待った。

「開くのは十時だろう」

「九時半です。私、待つのは構いません。送ってくださってありがとうございました」

「どういたしまして。ところで、君の名前を予備審査合格のリストに載せておくつもりだ。なるべく早急に結果を連絡しよう」

　スージーは、嬉しくて躍り上がりそうになった気持が、あまり露骨に顔に出はしなかったかと心配になった。

「ありがとうございます」スージーは静かに言った。

　バイナーは握手の手を差し出した。彼にじっと見つめられて、スージーはどぎまぎした。

「さようなら、ウォーカー夫人」バイナーの握手は握りしめるというほどではなかったが、しっかりと固かった。

「さようなら」スージーは微笑した。

「ところでだが、僕は結婚していない」バイナーはスージーの手を放すと背を向けた。

2

「きょうはどんなふうに過ごしたの？　疲れた？」劇場に行く前に、ゆうべとは別の安レストランで落ち合うと、アリクスがきいた。

「驚いたわ、地下鉄のラッシュアワーって、まるで地獄ね。あんなぎゅうぎゅうな目にあったのは生まれて初めて！　買い物の荷物もあったから、なおさら大変だったわ。でも、私のきょうの一日はロールスロイスに乗ってスタートしたのよ」

「どういうこと？」

スージーは、昨夜の伝言メモのことから説明した。

「わあ、すごいじゃない、スージー。私が言ったとおりでしょう？　そんなことが起こるかもしれないって言ったでしょう？　その人、結果の返事をいつくれるのかしらね」

「わからないわ。でも、これだけは確かよ。もし、面接の時に起こったことを何もかも話したら、父も母もびっくりして、私にそんな仕事は断れって言うわね」

「一体何があったっていうの？」アリクスは興味津津の顔できいた。

スージーは、ウルフ・バイナーの妻だと勘違いした女性のことを話した。

「彼女は何者なの？　高級コールガールかしら、それとも恋人かしら」

「まあ、恋人にきまっているわ！　彼はお金で女を買う必要などこれっぽっちもない人ですもの」

「魅力的な人だってこと？」

「とっても」

「へえ！　魅力的で、独身で、お金持。一つぐらい引っかかるところがあるはずだと思うけど」

「あるとすれば、わがままなところじゃないかしら」

「それは当たり前じゃない？　私だってできるとなれば、何もかも自分の思うとおりにしようとするわ。たいてい、人間てそうよ。あなた、お父さんやお母さんにその女のことを言っちゃだめよ」

「言わないわ。もし採用されたとして――見こみ薄だと思うけれど――父や母に、道徳観念のない人間の所で働いているという心配はかけたくないわ。その後で、私、またその女の人を見かけたのよ」

「ほんと？　どこで？」

「ハロッズデパートで。ロンドン塔の後でそこへ行ったのだけれど、ちょうど私が入ろうとすると、彼女が出てきたの。彼女はまっすぐに私を見たけれど、全然知らん顔だったわ。ほんの少し前に会ったのにまるで覚えてくれていないなんて、ちょっと寂しい気がしたわ」

「ちゃんと服を着た彼女はどんな感じだった？」

「とてもすてきだったわ。ごく淡いグレーのスウェードのコートドレスを着ていて、靴もバッグも何もかも上等で素晴らしくて、文句のつけどころがなかったわ。香水も、それは良い匂《にお》いなの。すれ違う時、ふわっと香ったわ。でも、スイングドアを通り抜ける時、後ろに人がいないかどうか振り返って確かめようとしなかったのは、どうかと思ったわ」

「そういうことをする人って、私も我慢できないわ」アリクスは同意した。「それに、ドアを支えてあげているのに、ありがとうも言わずにさっさと通って行く人も。ところで彼は幾つくらいなの？」

「よくわからないわ。三十五歳くらいかしら。でもとても若々しいわ。びっくりするほど朝食を食べていたけれど、健康にはとても気をつけているようよ」


一時間後、二人はシャフツベリ通りの劇場の席に座り、ロンドンでは久々の機知に富んだ芝居だという評判のコメディの幕が上がるのを待っていた。と、スージーが突然アリクスの腕をつかんだ。

「あの人たちだわ！」

「誰？」

「バイナー氏とベリンダ嬢よ」

ちょうどその時、客席のライトが消えた。特別観覧席の二列目の席へ進んでいく、すらりとしたすてきなカップルの姿は、シルエットになった。

最初の幕間《まくあい》に、バーへ立っていく人々のゆっくりとした列の流れの中に二人を見つけると、アリクスはすかさず言った。「あの女の人の顔に見覚えがあるみたい。確かに見たことがあるわ。それにしても、ほんとに素晴らしいわね、あの人のドレス」

スージーも同感だった。今夜のベリンダは、シフオンの黒いドレスを着ていた。袖とボディスの上のほうは透きとおっており、薄い絹地を通して胸のふくらみとその間の窪《くぼ》みを見せている。首には小粒の真珠を束ねた首飾りをしており、寄り添っている男性を、ほほ笑みながら振り仰ぐ時、ダイヤモンドのイヤリングがきらめいた。

「彼は日焼けしているけれど、彼女はしていない、ということはつまり、彼女はいつも彼と一緒じゃないっていうことよ」ワインを注文しておいたバーカウンターの方に歩きながら、アリクスは言った。「彼女が彼のガウンを着ていたって言ったわね。それはつまり彼女は急に泊まることになったということよ。パーティか何かで会って、彼はじぶんの所で一杯やらないかと誘う。そして一晩一緒に過ごす結果になった」

「そうは思わないわ。だったら奥さんと間違えるはずないわ。あの二人には、何かこうとてもしっかり結ばれているという印象があったの。私がいる所に彼女がふらっと出てきても彼は別段困った顔をしなかったし、彼女のほうもそうだったわ」

アリクスはにやっとした。「ここはロンドンよ。ブロックソープとは違うわ。この町の人たちはね、乱行パーティのまっ最中を見つかったってへいちゃらよ。〝あら、あなたも一緒にやらない〟ってなもの。ジェット族――ジェット機で飛びまわる金持連中のことだけれど、彼らと関《かか》わるようになったら、あなた、そんなうぶなものの見方は捨てなきゃだめよ」

「私、そんなにうぶに見えるかしら」

「見えるわね」アリクスは友達の率直さで答えた。「うぶで当たり前よね、あの家庭環境では。あなたのお父さんやお母さんは優しいけれど、堅物でしょ。それにロザリーとヘレンとジュディス。あなたの姉さんたちにはブロックソープが全世界で、現代の女性にとって、結婚して子供を産むことだけが人生じゃないということを、まるで知らないみたい」

・スージーは、アリクスが姉たちのことを批判がましく言っても、もしマイクが結婚すると言えば、すぐに看護師のキャリアを打ち捨てて、家庭に納まるにちがいないと思った。

しかしスージーは、それは胸に納めておいた。

「ブロックソープのように時代の波にとり残されたのどかな所に住んでいると、人間は自然に保守的になって、新しい変化を嫌うようになるのね。今朝バイナーさんと話していて、自分が現状に対して、これでいいのかというような疑問一つ持たずに暮らしてきたことに気づかされたわ。彼の前にいると、自分がとても愚かに思えたの。彼が美術について話した時には、自分の無知をつくづく思い知ったわ」

次の幕間には、バイナーとベリンダは席を離れなかった。スージーとアリクスも。スージーの目はついつい二人の方に吸い寄せられていった。

特にベリンダの方に。彼女は豊かな赤毛を美しく結い上げていた。トップスタイリストの手になるヘアスタイルにちがいない。特別観覧席の人々の間でベリンダの髪はひときわつややかに輝いていた。そしてその隣の男性の黒い髪も。

後ろ姿だけからも、二人はほかの人々よりきわ立って見えた。裕福な特権階級に属する人々を指して言う〝ビューティフル・ピープル〟という言葉を、スージーは知っていたが、実物をじかに見るのは、これが初めてだった。

話しながら動かしているベリンダの手には、指輪が幾つも光り、長い爪はガーネットの色に塗られていた。

家事など、生まれてから一度もしたことのない手。その手は絹のようにやわらかく、高価なローションの香りがしているにちがいない。

スージーがそんなことを思った時、ウルフ・バイナーがベリンダの片手をとり、唇に持っていくのが見えた。

次の夕方には、スージーは家に帰り、家族と共にいた。両親や、夕食に呼ばれて集まった姉や義兄たちは、初めのうちはスージーの旅の話を熱心に聞いてくれていた。が、食事が終わらないうちに、皆の興味や話題は、スージーが留守の間に起こったできごとに移ってしまった。食後は皆で、最近はじまったテレビの連続ドラマを見た。

「あんたが無事に帰ってきてくれて嬉《うれ》しいわ」キャンベル夫人は、じぶんの側《そば》の床の上に座った末娘に言った。「あんたには分別があるし、馬鹿な真似《まね》をするはずがないとわかっていても、大都会ではこわいことがいろいろと起こるっていうから」

スージーは家族と一緒にテレビを見ていたが、心では別のことを考えていた。皆はスージーが金メダルをとったことを誇らしく思い、楽しい旅でよかったねと言ってくれ、おみやげを喜んでくれたが、やはり母と同じに、スージーが以前と変わらぬ生活に戻ったことにほっとしているのだ。

家族には、ウルフ・バイナーのことは話さなかった。帰りの列車の中で、彼から何か連絡があるまで、黙っていようときめたのだった。たぶんニューヨークでは、ハンナという秘書がじぶんよりずっと有能な候補者のリストを用意しているにちがいないと思った。

当てのないことで、わざわざ家族の反対をかきたてることはない。が、たとえバイナーからの返事が〝遺憾ながら採用は見合わせていただく……〟というものだったとしても、スージーは、体験を広めるべきだという彼のアドバイスに従おうと決心して帰ってきたのだった。

家族はスージーがブロックソープを出ていくこと

に反対するだろう。けれどそうしなければいけないのだとスージーは思った。すでに遅すぎた感がある。ぐずぐずためらっていれば、なお一層出ていくのが難しくなるだろう。せっかく金メダルをとったのだ、それを契機にしなくては……。

　三日ほどして、スージーはアリクスから短い手紙を受けとった。手紙には、雑誌から破りとったグラビアページが一枚同封されていた。

　社交欄の結婚式の記事を見ながら、なぜこんなものを送ってきたのかと裏を返すと、貴族の邸宅で催された舞踏会の写真が並んでいた。アリクスは、その一つを丸で囲っていた。

　〝ジョン・フォックス卿《きょう》とオームシャーク伯爵の妹、レディ・ベリンダ・ストラットン〟と、説明がついている。

　ベリンダは退屈そうな顔をしていたが、それでもなお素晴らしく美しく見えた。袖の大きな白のオーガンディのブラウスに黒いタフタのフルスカート、腰に深紅の幅広のサッシュを結んでいる。長いダイヤモンドのイヤリングが、すらりとした白い首を一層美しく見せていた。

　アリクスはこう走り書きしていた――〈あなたにも興味があるだろうと思って。大実業家から何か連絡があって？　幸運を祈っているわ〉

「誰からなの？」スージーの母がきいた。

　郵便配達は朝食の時間に来る。ドアについている郵便受けがことんと鳴ると、手紙をとりに立っていくのはいつも父だった。郵便物はたいてい父宛《あて》で、たまに親類から母へのものが入っていた。

　スージーが両親に知られずに手紙を受けとることは、まず不可能だった。が、母が誰からと尋ねるのは別に悪気のあるせんさくではなく愛情の表れだったし、スージーもきかれて困ることなど全くない。二十四歳にしてスージーは、秘め事一つないのだった。

キャンベル夫人は脚が不自由なため、電話は彼女が一日のほとんどの時間を過ごす居間にあった。ということは、スージーに掛かってくる電話でのおしゃべりは、必ず父か母かに聞かれているということだった。が、めったに電話は掛かってこないし、両親に知られたくないことなど一つもなかったので、一向に気にならなかった。

けれど、にわかにスージーはすべてが気になりだした。

「アリクスからよ」スージーは母が雑誌から破りとられたページに好奇心をそそられているのがわかったが、本当の理由を話すわけにはいかなかった。

「この服装を真似しようと思っているんですって」スージーは良心の咎《とが》めをちくりと感じながら、母にそのページを手渡した。

キャンベル夫人は写真をじっとながめた。「この人の服装はいいけれど、顔はいただけないわね。アリクスもダンスパーティに行くの？」

「え……きっと病院のパーティでしょう」

その夜、スージーはアリクスが送ってきたレディ・ベリンダの写真をながめていた。よく見ると、彼女は悲しげだった。

レディ・ベリンダもアリクスと同じなのかもしれない——一人の女に身を縛られることを望まぬ男に恋をしているのだろうか？

女性解放論者たちは、女は結婚して子供を産むことだけではなく、じぶんが持っているあらゆる可能性を考えなくてはいけないと、口をそろえて主張している。が、恋愛がじぶんの意思でするものではないところが、その論の実践を難しくしている。恋はしようと思ってするものではない。事故にあうように、あるいはビールスに感染するように、ある時突然身に降りかかってきてしまうのだ。

アリクスはマイクに恋い焦がれている。ベリンダは、ウルフ・バイナーに救いがたく心を奪われてしまっているのかもしれなかった。

家族に彼との仲を反対されているのだろうか、とスージーは思った。スージーはレディ・ベリンダの年齢を、二十八、九、あるいは三十と踏んでいた。何かわけがあって結婚しなかったのだろうか。貴族階級の娘は二十代前半に結婚するのが普通だ。美しい娘ならまして早い。

日がたってもニューヨークからはなんの連絡もなく、スージーはやはりだめだったのかとがっかりした。

スージーは通勤の途中でタイムズを買いはじめた。そして夜、自分の寝室で、求人コラムの秘書のところを物色した。

〈英語、スペイン語の秘書――九千ポンド、アメリカ石油、ロンドンオフィス、副社長付秘書。速記必要、年齢二十五歳から三十五歳〉

ここなら見こみがあるかもしれない。スージーは電話番号をメモした。

〈パーソナル・アシスタント――アメリカ人弁護士事務所、メイフェア地区、七千五百ポンドほか健康保険、休暇四週間〉

〈トップ・セクレタリー――インターナショナル・グループ、ロンドンオフィス、室長付秘書、マーブル・アーチ地区、高給優遇〉

求人コラムに目を通した後で、スージーは貸間の欄も調べた。サラリーも高いが、ロンドンではアパートの家賃もそれ相当に高いのがわかった。ルームメイトを探すか、職場から遠い所に住まなければならない。

十日が過ぎ、スージーはバイナーが不採用の通知さえくれないつもりなのだと思わざるを得なくなった。財界のあれほどの人物が、そんな礼儀にも欠けるとはあきれたものだ。スージーは希望をつなぐことはやめたが、ほかの求人広告に応募するのは、まだ見合わせていた。

ある夕方、会社から帰ったスージーが、スーツを脱ぎ、セーターとジーンズに着がえていると、「電話だよ、スージー！」と、父が階段の下から呼んだ。

姉の誰かが掛けてきたのだろうと、スージーは思った。時々、急に夜夫婦で外出する相談がまとまると、子守りを頼んでくるのだ。

スージーが居間に行くと、母が受話器を持ち、通話口をてのひらでおおいながら、不審げな顔で言った。「パリからよ。バイナーさんて人」

3

コンコルドの乗客のための特別出発ロビーに腰をおろしながらスージーは、じぶんのほかにヒースローまで地下鉄で来た人はいないだろうと思った。

まわりの人たちはコートを脱ぎ、マーティニーなどのグラスを傾けながら、寛《くつろ》いでいる。普通はみんな空港までタクシーで来るにちがいない。

スージーが乗ったヨークシャーからの列車は二時にロンドンに着き、ニューヨークへの出発便は六時発だったので、一番経済的な交通機関を利用してくる時間が充分にあった。

これから世界でも指折りのお金持の秘書になるのだとしても、スージーは無駄遣いをする気持はなかった。それに、まだちゃんと契約を結んだわけでもなかった。契約は三カ月の試用期間の後に結ばれるはずだった。

グランド・スタッフが持ってきてくれたコーヒーを飲みながら、スージーはウルフ・バイナーはいつ来るのだろうと思った。

彼はパリから、コンコルドに間に合う便に乗ってくるはずだった。

エールフランスも、超音速ジェット機のアメリカへの直行便を持っている。彼はわざわざじぶんのためにロンドン経由にしてくれたのだと、スージーは思った。

彼と再会することを思うと、興奮で体がぞくぞくした。たくさんの候補者の中からじぶんが選ばれたことが、スージーはまだ信じられない気持だった。

バイナーの電話があってから、その仕事をちゃんとやってのけられるだろうかと、スージーは始終じぶんの心に問いかけてきた。秘書としての能力に自信がないわけではなかった。が、バイナーは仕事に全精力を費やし、部下にも同様の厳しさを要求する人なのだ。

出発の二十五分前になり、人々は搭乗をはじめた。どうすべきだろうかと、スージーは考えた。なんらかの理由で、バイナーは予定時間に到着できなくなったらしい。フランスからの便が遅れたにちがいない。が、それならばそう電話で連絡してくるだろう。

「搭乗の準備はよろしいですか、ウォーカー夫人」

コーヒーカップを片づけに来た客室乗務員が話しかける。

「バイナーさんを待っているのですが」

「バイナーさんは、よく時間ぎりぎりに来られるんですよ。乗ってお待ちになったほうがいいと思いますわ」客室乗務員は、にっこりして言った。

機内は、通路の両側に二つずつシートが並んでいるだけで、前にスージーがパッケージ・ツアーで乗った飛行機とは、段違いにゆったりとしていた。

スージーは窓側の席をバイナーのために空け、通路側に腰をかけた。出発まで十分しかない。が、もし彼が来なかったとしても、向こうに着いてからどこへ行くべきかは、わかっていた。

ニューヨークのバイナーの本拠地は、ピエールホテル内にある。そこへ行けば、現在まだ彼の秘書であるハンナ・アイゼンハート嬢に会えるはずだ。彼女は、三人の子持ちの男が住んでいるボストンに発《た》つ前に、スージーにきちんと仕事の引き継ぎをしてくれることになっていた。

「もう現れないと思っていたんじゃないか？」

スージーが顔を上げると、ウルフ・バイナーのにっこりした顔があった。

「まあ……こんばんは。はい、あるいはと思いはじめていたところです」スージーは立ち上がり、バイナーが窓側の席に入れるよう、通路を空けようとした。

「いや、君が窓の方にかけたまえ。僕は外を見るのはもううんざりだ」

腰をかけ、シートベルトを締めると、バイナーは言った。「僕は夕食の前はいつもシェリーときめているんだが、きょうは君の大西洋横断初飛行だし、僕にとっては多忙な一週間の終わりでもあるから、お祝いといこう」

というわけで、スージーは思いがけなく、シャンペンのグラスを手にして離陸することになった。

乗客のおおかたは紺かグレーの背広姿だったが、バイナーは背広姿からカシミアのセーターとベージュのズボンに着がえていた。

バイナーはマッハ計を指さした。離陸してわずか二十分、ジェット機はすでに六百七十マイル時——マッハワンの音速で飛行していた。

「超音速機が飛びはじめたころには、この時点で皆乾杯をしたんだよ。もうそんな目新しさはなくなってしまったが」

「コンコルドが飛びはじめたのはいつでしたかしら？」

「一九七六年だ」

「最初の便にお乗りになったんですか？」

「うん。それからはまずほかの機には乗らない。時差ぼけがなくて済むこともあるが、普通の便だと、八時間じっと座っていなくてはならないのが苦痛でね」客室乗務員が注文をききに来た後で、バイナーはまた話を続けた。「向こうに着いた時のニューヨーク時間が一時間半早くなるだけだから、体のリズムが狂わない。普通より夕食の時間が何時間か早目になるだけだ」

「私、睡眠のリズムがもう狂ってしまいました。興奮して、昨夜一睡もできなかったんです」シャンペンのせいかつい口をすべらせてしまい、子供じみていたと、スージーはたちまち後悔した。新しい職場にふさわしい口のきき方をするよう心掛けなくてはと思う。

「家では寂しがっているだろうね。それに無論、君も」

「そうですね。でも、独り立ちすべき時ですから。前から早くそうしたいと考えていました」

「僕の両親は、僕が三歳の時に別れて再婚した。僕には家が二つあって、腹違いのきょうだいがいる。小さい時僕は、その二つの家を行ったり来たりしていたんだよ」

バイナーの身の上話のおかげで、馬鹿げたことを言ったものだという恥ずかしさは、幾分救われた。が、慎重に口をきこうと反省したのも束《つか》の間、スージーは、またぽろりと言ってしまった。「アメリカのプレップ・スクールから、イギリスのパブリック・スクール、そしてアメリカの大学へいらしたというのは、かなり珍しい経歴でしょうね」

ウルフ・バイナーは、おかしそうな目をした。

「僕のことを調べたね」

「ただ紳士録をちょっと」

彼について記載されていたことは、はっきりスージーの頭に記憶されている。年齢三十七歳。出生地ニューヨーク市。父ブラドレー・バイナー。スージーはまるで知らないが、たぶんアメリカでは著名な人物なのだろう。母はイギリスの准男爵の娘。そして彼は紳士録の古い版によれば、フランス人女性と結婚歴があった。学歴は、アメリカの私立学校からイートン、そしてハーバード大学を卒業していた。

一流の教育を受けたことが彼の財界での成功の跳躍台になっているといえるだろう。彼の仕事へのエネルギーのつぎこみ方と情熱もそうだが。

「珍しいかもしれない。しかし、成長期に二つの国のことをよく知ることができたのは、貴重な経験だったと思う。フランスにいる祖母の所へもよく行ったし。祖母はパリっ子で、祖父が死んだ後、フランスに戻ったんだ。もう八十ちかくになるが、今でもなかなか魅力的だよ。今度パリに行った時には引き合わせよう」

素晴らしい食事――プラスチックケースに入った普通の機内食とは大違い――の間中、バイナーは雇い主というより対等な関係のように、気軽にスージーに話かけた。

ジェット機の速度はマッハ二に到達している。ライフル銃の弾丸より速いスピードで飛んでいるわけだが、シートに座っていると動いている感覚はほとんどなく、嘘《うそ》のような気がした。スージーは窓の外に目をやり、丸く見える地球を、不思議な気持で見つめた。まるで、ほかの天体へ宇宙旅行をしている気分だった。

食後、バイナーは本をとり出した。スージーの知らないフランス人の伝記だった。機会がありしだい調べてみようと、スージーはその人物の名前を頭にしまいこんだ。

コンコルドでは映画の上映はなかったが、五種類の放送が聴けた。スージーはシートをリクライニングの位置に倒し、音楽に耳を傾けた。

「ウォーカー夫人、目を覚まして」男の声が、スージーを暗い無意識の底から呼び戻した。その声はまた、スージーが忘れようと努めている記憶をも呼び戻した。

眠りの中から浮上しながら、スージーは病院にいるのだと思った。事故の後の、あの長く恐ろしい苦しみが、これからはじまろうとしていると思った。

どれほどの苦しみに耐えなければならないか、あの時は知らなかった。だが、今度はもうわかっている。脳の中に記憶はしまわれている——片隅に追いやられているが、消え去ってはいない。三年前の過去と現在が混乱し、スージーはうめき、何もかも忘れ去る眠りの中に退行しようとした。

が、声の主はスージーを逃がしてくれなかった。

「さあ、起きて！」と腕をつかんで揺すっている。乱暴ではなかったが、スージーの目を覚ます力は充分にあった。

一瞬、スージーはじぶんの顔をのぞきこんでいる人が誰かわからなかった。あの若い医者ではない。白いカーテンに囲まれたベッドに横たわっているのでもない。まだ救急車の中なのだろうか……？

「ここはどこ……？」

「もう二、三分でケネディ空港に着陸する。着地の前に目を覚ましておいたほうがいいと思ってね。寝ぼけていると逆噴射のノイズにびっくりするだろうから」

スージーの頭はやっとはっきり働きだした。じぶんがどこにいるのか、彼が誰なのかも思い出した。食前のシャンペンと、食事中に飲んだワインが利き、昨夜の睡眠不足がたたって寝こんでしまったのだと気づいた。

バイナーがヘッドホーンを頭からはずしてくれたのにも気づかないくらい、熟睡していたらしい。

コンコルドの乗客は、ほかの便でのように、列を作ってじりじり待たされることは全くなかった。スージーの新しいスーツケースとバッグは、すぐ手元に戻ってきた。驚いたことに、バイナーは荷物なしだった。

「仮住まいのある所を往復する時には、何も持つ必要がないのさ」と、彼は言った。

空港からは、ロンドンでのように大きなリムジンに乗るのだろうと、スージーは思っていた。が、旅のしめくくりはヘリコプターで、交通渋滞に引っかかることもなく、二十分の飛行だった。

ヘリコプターは、イースト・リバー沿いのクイーンズ地区の上を飛び、イースト・サイドのヘリポートに向かった。スージーは空から、エンパイア・ステート・ビルで有名なマンハッタンのスカイラインを、間近にながめた。

ヘリポートからセントラル・パークの東側にあるピエールホテルまでは、タクシーで数分だった。

ホテルのロビーに入ると、黒い髪の上品な女性が椅子から立ち上がり、歩み寄ってきた。

「やあ、ハンナ」バイナーは言った。「スージー・ウォーカー夫人だ。彼女は君にまかせるよ。では、また明日、ウォーカー夫人」

バイナーは二人を残して歩み去った。

「はじめまして、ウォーカー夫人。ハンナ・アイゼンハートです。まっ先にシャワーを浴びたいでしょう。長旅の疲れをとるにはそれが一番ですわ。バイナーさんはシャワーの前に、まず三十分運動するのがいいとおっしゃるけれど」

「バイナーさんは運動がお好きのようですね。私が初めてお目にかかった時、ハイドパークでジョギングをなさった帰りでしたわ」

「ええ、どこに行っても毎朝ジョギングしますのよ。運動は活力のもとになるというバイナーさんの持論は正しいのでしょうね。明日になればあなたもわかると思いますが、彼のエネルギーときたら、精神的にも肉体的にも、超人的なんです。ほかのみんなが疲れはててしまっている時でも、バイナーさんはいつも元気いっぱい。あなたの荷物はボーイが運んでくれますわ」ハンナはスージーの背を押しながら、エレベーターに乗った。

ハンナ・アイゼンハートの温かい打ち解けた態度に、スージーはたちまち心が和んだ。新しい環境になじむのに、力になってくれそうな人だと思った。

バイナーの側近には通常のホテルの手続きは不要らしかった。ハンナが、スージーの部屋の鍵《かぎ》を持っていた。その部屋は、スージーが頭に描いていた、いわゆるホテルのベッドルームではなかった。窓の下に公園の緑が見渡せる部屋で、スージーは喜んだ。

「下に見えるのが、イースト・サイドとウエスト・サイドを分けている五番街《フィフス・アベニュー》よ」ハンナは言った。「マンハッタンはとてもシンプルなの。あなたもすぐに勝手がわかるようになるわ」

ベル・ボーイがスーツケースを運んで来たので、スージーはポケットに用意しておいたチップを渡した。

「あなたがシャワーを浴びている間に、服を吊《つ》るしておいてあげるというのはどうかしら？」ハンナは言った。「その後で、お近づきのしるしに、カクテルかコーヒーをご一緒しましょうよ」

「ええ、喜んで。もし、よろしければコーヒーを。飛行機の中でシャンペンとワインを飲んだんです。私、お酒には慣れていないので」

スージーはスーツケースの鍵を開け、一番上に入れておいた、木綿のカフタンを出した。化粧道具入れは、バッグのまん中に入れてあった。ルームサービスに電話をしているハンナを残し、スージーは広い廊下の突き当たりのドアを開けた。

スージーの家には浴室は一つしかなく、ちゃんとしたシャワーもなかったので、髪を洗う時にはじぶんで買った手持ち式の簡易シャワーを使っていた。専用の浴室を持てるなんて、なんてぜい沢だろうとスージーは思った。温かい厚地のタオル類、シャワー・キャップ、シャンプーや入浴剤までそろっている。

スージーが寝室に戻ってみると、ハンナがすっかり荷物を片づけてくれていた。両親と夫の写真を入れた折りたたみの革の写真立てまで、ちゃんとナイトテーブルの上に載っていた。

「すっかり片づけてくださってありがとうございます。私、あまり着る物を持ってきませんでしたの。ご覧になったでしょう？　服装を少し変えたほうがいいのではないかと思って。必要なものはニューヨークで買えますものね」スージーは言った。

さっきエレベーターの中で、スージーはハンナの服装をしっかり観察しておいた。ダーク・グリーンの絹のシャツに同色のウールクレープのプリーツスカート。一連の真珠のネックレスとおそろいのイヤリング、飾りけのない、けれど高価そうな腕時計、そして左手の薬指にダイヤモンドの指輪をしていた。脚は細く、ローヒールのダーク・グリーンのパンプスをはいている。ハイヒールをはけば、バイナーとほとんど同じくらいの背丈になりそうだった。彼女は、女としては背が高すぎたし、肉づきも薄く、決して美人でもなかったが、エレガントで魅力的な印象を与えた。

「ええ、ニューヨークはすてきな買い物ができる所よ。上手にしさえすればね。いつかその秘訣《ひけつ》を教えてあげましょうね。持っていらした物を見ると、あなたの好みがとても良いことがわかるわ。変える点があるとすれば、もう少しお金をかけることと、デザイナーの服をふやすことね。私が初めて就職した時、ある人がとてもいい忠告をしてくれたわ。二十年たった今、彼女はじぶんで会社を作り、社長になっているけれど。彼女はこう言ったわ。〝ハンナ、流行なんて忘れるのよ。それよりクラシックなスタイルで一番上等なものを着るの。トップを極めたかったら、トップの人たちと服装を同じにすることからはじめるのよ〟って」

ドアをノックする音がした。注文したコーヒーが届いたのだった。

「バイナーさんの所では、何年くらい働いていらっしゃるんですか？」二人きりになってから、スージーは尋ねた。

「十二年よ。辞めるのは寂しい気もするわ。バイナーさんは非凡な方だし、仕事がつまらないと感じたことなど一度もなかったわ。でも、私は今話した友達のように、キャリア志向ではなかったの。少し働いて結婚し、子供を産んで、子供が手を離れたらまた就職するというのが私の理想だったのよ」ハンナは肩をすくめた。「理想どおりにはいかなかったけれど。でも、遅かったにしろ、まるでチャンスがないよりはましじゃないかと思うの。バイナーさんから聞いていると思うけれど、私は奥さんと死に別れた三人の子持ちと結婚するのよ。優しい人で、子供たちもいい子たちで、幸い父親の再婚に反対していないようだわ」

ベッドの横の電話が鳴った。

「きっと私にだわ」ハンナは立ち上がり、電話をとった。「はい、彼は戻っていますわ、ソーヤー夫人。交換が出ないと言ったのは、たぶん、彼がシャワーを浴びているからでしょう。私は今、別のフロアにおります——バイナーさんの新しい秘書になる方がイギリスからたった今着いたところなんです。緊急のご用でしたら、折り返しお電話をするように彼に申し伝えます。いいえ、ちっとも構いませんわ。すぐに行って参ります」受話器を置くと、彼女は言った。「ちょっと失礼します。ウォーカー夫人。あら、ねえ、もう堅苦しいのはよして、名前を呼び合うことにしましょうよ。あなたはスージーだったわね。私は、ハンナよ。すぐに戻るわ、スージー。でもなかなかのようだったら、どうぞ先にコーヒーを召し上がっていてね」

一人になると、スージーはあらためてじっくりと部屋をながめた。ベッドと作りつけのドレッシング・テーブルと衣装だんす、物入れもついている。書き物机と椅子、コーヒーテーブルをはさんでどっしりした安楽椅子が二つ、テレビスタンドも兼ねた戸棚があった。

色はカーキの濃淡で、アクセントにブルーが使ってある。二重ガラス窓が、フィフス・アベニューの騒音を遮っていた。

スージーは、じぶんが今ニューヨークのどまん中にいることが信じられなかった。故郷が、はるか五千キロ以上も離れた海のかなたにあることが信じられなかった。後で寝る前に、無事に着いたことを父や母に電話で知らせよう。

今、熱いコーヒーを口に運びながら、新しいじぶんの居場所をながめているスージーは、ホームシックのかけらも感じなかった。むしろ、長い間拘束されていた囚《とら》われ人が、新しく人生をはじめようとしているのに似た気持だった。

もっと早くこうすべきだったのだと、スージーは思った。たとえ愛し合っていても、十九歳で結婚などすべきではない。人生も世の中も、何一つ知らないうちに結婚など……。

父や母が、もう少し待てと言ってくれればよかったのだ。法律的には親の同意なしで結婚できる年齢だったとしても、両親に反対されれば、あんな若さで結婚しなかっただろう。もし、結婚していなかったら、クリスは今もきっと生きていたはずだ……。

スージーは、写真の、鼻の先がちょっと上にそった少年ぽい夫の顔をながめながら、ついその顔を、じぶんをアメリカに運んだ黒い目のシニカルな口元をした男と比べてしまっていた。

ウルフ・バイナーは二十歳のころにはどんなふうだったのだろう。

コスモポリタン的背景を持って育った彼は、ほとんどヨークシャーしか知らなかったクリスよりも、ずっとおとなびていたことだろう。

ノックがして、ハンナ・アイゼンハートが戻ってきた。

「ところでね、ソーヤー夫人からの電話に限って、バイナーさんのスイートに直接つなげることになっているのよ。ほかからのは全部私が、私が出られない時には交換が彼に電話の主を告げて、つないで良いかどうか確かめるの」ハンナは少しためらってから言葉を継いだ。「ソーヤー夫人とバイナーさんは、とても親しくおつき合いをしているのよ。彼女の写真は〝W〟によく出ているわ。〝WWD〟――ウィメンズ・ウェア・デイリーが二週間ごとに出しているカラーの付録で、いわばアメリカのファッションのバイブルね。パリのオートクチュールで服を買える女は世界中でたった二千人ぐらいだそうだけれど、彼女はその一人よ。いつもベスト・ドレッサーのリストに載っているわ。ずいぶん年上の人と結婚して、今はものすごくお金持の未亡人というわけ」

ハンナはコーヒーに砂糖を入れるために、ちょっと話を止めた。

「ゴシップのように聞こえるかもしれないけれど、そういうつもりではないのよ。バイナーさんは住まいがすなわちオフィスですから、公私の境をはっきり区別できないわけね。あなたは彼のそういう個人生活についてもぜひ知っておかないとならないわ。バイナーさんを普通の人の常識や物差しで計ってはいけないのよ」

「ロンドンではどなたかが現代の卓抜した人物の一人だとバイナーさんを評していましたわ」

「そのとおりよ。普通、天才という言葉は芸術家に対して使われるわね。そして芸術家が常識はずれな生き方をするのを皆当たり前だと思っているわ。バイナーさんは財界の天才だけれど、彼の自由奔放な生き方には、世間はずいぶん辛いのよ」

「ほかには？　ソーヤー夫人のほかに親しい方は？」

「二人いるわ。一人はパリ、もう一人はイギリス。レディ・ベリンダ・ストラットンとのうわさは聞いたことがあるのではないかしら？」

「いいえ。でも、コンノートホテルに面接に行った時、そこで会いましたわ」

「そうね。彼女はバイナーさんがロンドンにいる時にはいつもロンドンに来るの。バイナーさんのパリの住まいはプラザ・アテネよ。フランスのお友達はマダム・デュポン。彼女はバイナーさんに会う少し前にご主人と離婚しているわ。彼の女性関係はそれだけよ。コラムニストが時々ほかにもいろいろあるようなことを書くけれど、それはでたらめ。三人だけよ」

「あの……三人の方たちは、知っているんですか、お互いを？」

「ええ、誰もが知っているわ。バイナーさんはマスコミは嫌いですけれど、逃れられないのは有名税ね。コラムニストは何も書くことがないと、三人のうち誰と彼が結婚するかなんて書きたてるのよ」

ハンナは椅子の背にもたれ、ほっそりした長い脚を組んだ。

「バイナーさんが今度金髪の若い魅力的な秘書と契約したことを知ったら、彼らが絶対にほうっておくはずはないわ。きっと電話を掛けてきて、あなたがバイナーさんについて何がうっかり口をすべらせるように仕掛けてくるわね。ですからね、知らない人からの電話には用心することよ」

つい正直に答えてしまうじぶんの弱みを知っているスージーは、この警告にどきりとした。

「電話といえば、後で両親に掛けたいと思っています。この部屋から掛ければ、料金はバイナーさんにではなく、私に請求されるはずですね」

「いいえ、私用電話の料金もルームサービスもクリーニング代も、ここでの費用一切をバイナー・コーポレーションが出してくれるわ。ただで電話が掛けられるのは役得の一つね。でも、つまりはそれだけ責任もあれば大変な仕事だということなのよ」ハンナは沈んだ笑いを浮かべて言い添えた。「バイナーさんの下では、だいたいとても気持よく働けると思っていいわ。でも、必ずしもいつもうまくいくわけではないわ。何かに腹を立てたとなると彼はもう……」もう処置なしというように、ハンナは両手を上げた。

4

翌朝六時に、スージーはもうすっかり目が覚め、早く外に出てみたくてうずうずしていた。

明るくなるとすぐに下のロビーに降りていったが、ロビーには、早く発《た》つ人や朝食前の一歩きに出かける人の姿がたくさんあった。

ロンドン同様、早朝のニューヨークも車が少なく、静かだった。東に一ブロック歩くと、マジソン・アベニューに出た。両側にファッショナブルな店が連なっていた。

スージーは反対側に渡って十五分ほど歩き、また道を渡って引き返したが、ショーウインドーの飾りにすっかり見とれてしまい、はっと気づくと、十ブロックも北へ来ていた。五番街《フィフス・アベニュー》と公園の端の所に戻るために、七十一丁目を左に曲がり、今度は脇《わき》目《め》も振らずに歩き出した。

ホテルへ、もう半分ほどの距離の所で、後ろから「おはよう」と声をかけられた。振り返ると、ウルフ・バイナーが駆け足で追いついた。「早いね。眠れなかったのかい？」バイナーは並んで歩き出しながら尋ねた。

「ぐっすり眠りましたわ。けれど早く目が覚めてしまったので、少し脚を動かしたくて」

「運動着を買って、毎朝、僕と一緒にジョギングするといい」

「一緒になんて無理です。とても追いつけません」

普通に歩いている時でも、彼と歩調を合わせようとすると、スージーは幾分早足になった。

「たぶん、一、二週間はね。が、じきに走れるようになる。君、スケートはするの？」

「ローラー・スケートでしたら、子供の時に。でも、アイス・スケートはしたことがありません」

「十月半ばになると、公園内のアイス・スケート場が開くんだ。座ってする作業が多い職業の人間は、規則的に充分な運動をしなくてはいけない。特に女性は」

「なぜ、特に女性はなのですか？」

「男のように、たくましくあらねばならないという通念がないからね。女性はかよわいという、固定観念を持っている。たくましいのは女らしくないことだと思っているわけだ」

「筋骨たくましい女性がお好きなんですか？」スージーは、レディ・ベリンダの見事な曲線美を思い出しながら、興味をそそられて尋ねた。

「僕は健康で活動的な女性を美しいと思う。足どりが生き生きとしていて、頬が自然の色に輝いているのがね。美人の条件は、まもなくすっかり変わるだろう。ニューヨークやロンドンではすでにかなり変わってきている。運動施設がどんどんふえているし、ファッションモデルも、昔のように骨と皮みたいじゃなくなってきた。むしろ、運動選手のように鍛えた体つきだ。ごく最近の話だが、レオタードや運動用タイツを作っている会社が百億ドル近い利益を計上した例もある。その種の業界はまだまだ市場を開拓できると僕は見ているよ。少し前に僕は業績の良くない服の会社と安い靴を作っていた工場を買い取った。今、服のかわりにレオタードを作らせている。そして工場のほうでは、現在出まわっている物より色合いが豊富できれいなランニング・シューズを作っているんだ。運動着にマッチした靴を買いたくても売っていないという、女性の声を耳にしたことがあるんでね」

　スージーは、女性に対してそういう見方を持っている男性に会ったのは、初めてだった。

「僕の学生時代にはジーンズがファッションになった。二十年たった今も依然ジーンズは人気があるし、それでずいぶん儲《もう》けた人間も多い。一時的な大流行にも見えたが、そうじゃなかった。消費はまだかなり伸びるだろうと、僕は思う。洞察力を働かせれば、何が残り何が消えるか見極めるのはそう難しいことではない。ジーンズの流行は若者革命と結びついていた。それまで中産階級の中年層が握っていた購買力を若者が手にしたわけだ。アメリカでは、ベトナム戦争反対運動とも結びついていた。過去を振り返れば、そういう要因を見いだすのは簡単だ。未来に対しても、頭を使って判断を下すことが大切だ」

「運動の流行はこれからもずっと続くと、お考えになっているわけですね」

「そのとおり。運動も、たばこや酒やコーヒーのように、断ちがたい習慣になってしまうんだ。僕自身、経験してよくわかるが、毎日運動をしないと、たばこを吸う人間が禁煙したように、何か物足りず落ち着かない気分になる。たばこや酒のように不健康な症状ではないが、確かにそういうものはあるよ」

笑うと、バイナーの頬のしわが深くなった。そういう彼はとてもすてきだと、スージーは突然、ぞくっとするほど強く感じた。

「ランニングをすると、酔ったような、いわゆる〝ハイ〟な気分になるということを聞いたことがありますわ」

「運動をすると、脳の中にエンドルフィンという化学物質ができるんだ。モルヒネより強力で中毒性があるといわれている。運動する人口がふえれば、運動への欲求がますます強くなるわけさ」

二人はホテルに着いた。スージーは、ニューヨークでは入口から車道の所まで長いひさしのある建物が多いことに気づいた。雨の時でも濡《ぬ》れずに歩道を渡り、タクシーや車に乗れるようになっている。

「九時にスイートに来てくれ。ハンナが君に仕事の引き継ぎができるように、僕は午前中外出する予定でいる」スージーは何か答えようとしたが、その前にエレベーターのドアが開き、「君の階だ」と、バイナーが言った。

　ほどなくして、ソーヤー夫人が、チャリティ委員会の備忘録のコピーの作成をハンナに頼みに、スイートに現れた。

「ゆうべ、劇場の帰りにこれをバイナーさんに渡すのを忘れてしまって。きょうの午後必要なので、お願いできるかしら、ハンナ？」

「お作りしますわ、ソーヤー夫人。こちら、私のかわりにきまったスージー・ウォーカーです」

　ソーヤー夫人は愛想よくあいさつを返したが、彼女にはハンナのような温かみはなかった。

　ウルフ・バイナーの女性の好みが、バラエティに富んでいるのがよくわかる。彼女はレディ・ベリンダとはまるで違うタイプだった。

　茶色のショート・ヘアは、モップ状にゆるくカールして眉毛をすっぽりかくし、吊《つ》り上がり気味の青い目を強調している。

　ベージュのカシミアの、本物のシャネルスーツに、首にはサファイアの粒を、ビーズのようにつないだのをかけていた。肌は完璧《かんぺき》に美しかったが、頬にはブラッシャーでデリケイトな色をはいており、彼女が激しい運動をして息をはずませ、汗を流しているところはとても想像できなかった。

　体を動かすことといえば、リムジンの乗り降りの時と、つや出しをしたキッドのハイヒールで厚いじゅうたんの上を歩くぐらいではないだろうか。スージーは、ソーヤー夫人は生まれてこの方、ばらを生けた花びんより重い物を持ったことがないのではないかと、思った。

「ニューヨークは初めて、スージー?」と、ソーヤー夫人が尋ねた。

「はい、初めてです」

「あなたは、イギリスでトップセクレタリーというタイトルをとったそうね。ハンナは、間違いなくアメリカのトップセクレタリーだわ。すべてにてきぱきとしていて頭のいい人って、ほかに知らないんですもの。じゃ、お願いね。後でとりに来るわ」

ソーヤー夫人は白い歯を見せてハンナに笑いかけ、その微笑の残りをスージーにも向けると、すばやく部屋を出ていった。

「彼女はこれをバイナーさんに渡すのを忘れたんじゃないわ。あなたを一目見る口実よ」二人きりになると、ハンナが言った。

「ソーヤー夫人はよくこういう用を頼みに来るんですか?」

「初めてよ。彼女は委員会の秘書ではなくて、委員長ですもの。こんなコピーはとっくに秘書からもらっているんじゃないかと思うわ。三美神と私は呼んでいるのだけれど、例の三人の中で、デナ・ソーヤーは一番独占欲が強くて焼きもちやきなのよ。あなたが魅力的な美人だったら、彼女はきっとご機嫌を損ねたでしょうね。あなたが器量よしじゃないという意味ではないのよ。あなたはきれいだし、姿もいいわ。でも、バイナーさんが女としてひかれるタイプではないわね。もし、あなたがそういうタイプの人だったら、バイナーさんは決してあなたと契約しないでしょうよ」ハンナはさらに言った。「彼は、あなたが困るようなことをする人ではないわ。働く女が性的な問題で上司に悩まされるという話はいやというほど聞くし、事実よくあることね。あなたはこれからバイナーさんとしょっちゅう旅をし、同じホテルに泊まることになるけれど、そういう心配だけは一切ないわ。私はいわゆる魅力的な女じゃないし、彼が私に女として目もくれなかったからそう言うのではないのよ。私は彼という人をずいぶん長いこと見てきたわ。彼は雇い主という立場を利用してそんなことをするのは反道徳的だと考えている人だと思うの」

「美人の愛人が三人も要所要所にいらしたら、あえて別に獲得しようという気持も起こらないでしょうね」とスージーは笑った。そのとたんスージーは、ハンナの表情と背後の気配で、二人きりではなくなったのを知った。振り返ると、ウルフ・バイナーが広いリビングルームを横切り、ロビーに続く秘書用のオフィスへやってくるところだった。

失礼な発言が聞こえてしまっただろうか。口を慎むべきだったと、スージーは心の底から後悔した。ぴしりと言い返されるだろうと、覚悟した。

が、バイナーは、スージーが言ったことを聞いたにしろ、それについては何も言わず、同時にスージーには目もくれなかった。「ハンナ、ＣＡＴＶのファイルを出してくれないか」

彼が行ってしまってから、スージーは恐る恐る言った。「さっきのこと、バイナーさんに聞かれてしまったかしら？」

「たぶんね。でも、気にしなくて大丈夫よ。ところで、ＣＡＴＶのファイルには、あなたも目を通しておいたほうがいいわ」

「ＣＡＴＶというのはなんですか？」

「コミュニティ・アンテナ・テレビジョン、通称ケーブルテレビと呼んでいるものよ。一九九〇年までにはアメリカ合衆国の六十パーセントの世帯がケーブルを引くと予測されているわ。すでに二十億ドルを稼ぐ企業になっていて、年間収益三十パーセントの伸びを示しているのよ」ハンナは説明を続けた。

スージーは、さっきの大失策を、あまり気にするまいとじぶんの心を励ましながら、緊張して耳を傾けた。

ハンナは、ソーヤー夫人から頼まれた書類をワードプロセッサーで清書し、コピーをとって封筒に納めた。そしてスージーに、ソーヤー夫人の運転手がそれを守衛事務所で受けとれるように、下へ持っていってほしいと言った。

その用を済ませた帰り、スージーはウルフ・バイナーとばったり顔を合わせた。スージーが乗ろうとして待っていたエレベーターから、彼が降りてきたのだ。

彼は何か言おうとするように、一瞬足を止めかけた。が、にこりともせず、うなずいただけで、彼は行ってしまった。スージーは、心が重くなった。バイナーはひどく腹を立てているらしい。が、ビジネス・ランチに出かけるところなので、スージーにとやかく言っている暇はなかったのだろう。

スイートの出入口は一箇所だけではなかった。メインドアと、ハンナやスージーが使用するドア、そしてホテルの従業員が出入りするドアがあった。

一時にウエイターが、昼食をテーブルワゴンに載せて運んで来た。ハンナは、とてもおいしそうに飾りつけたパイナップルとカテージチーズのサラダを注文していた。

「私、昼はいつも軽くしかとらないの。夕食をメインにしているのよ」と、ハンナは言った。

ヨークシャーではお弁当を持って通っていたスージーは、ダマスク織りのクロスを掛けたテーブルにクリスタルガラスや銀器の並ぶ昼食は、物珍しくて、とても豪華に感じられた。

「ジョギングしろと、バイナーさんにすすめられませんでしたか？」と、スージーは言った。「今朝、道でバイナーさんに会ったんですが、運動をしなくてはいけないと言われました」

ハンナは微笑した。「すすめられたわ、何年か前に。でもお断りしたの。私、体を動かすほうなのよ。週末にはよく何キロも歩くわ。写真をとりに行くのよ」

「ええ、バイナーさんからうかがいましたわ。あなたが写真をとったり編み物をなさることを。バイナーさんは、私にも何か趣味があるかどうか尋ねられました」

「あなたはどんなことをなさるの？」

「今のところ趣味というようなものは一つもないんです。でも、あちこち見物して過ごしますと、バイナーさんにお答えしましたわ」

「それはいいわね。ここには見る所がたくさんあるわ。きょう、暗くなったらすぐに、エンパイア・ステート・ビルへ行って、八十四階からマンハッタンの夜景をながめるなんてどうかしら。それは素晴らしいながめよ。ニューヨークっ子は、そんなのおのぼりさんのすることだと思っているけれど。私は友達を連れて何度となく行ったけれど、いつ見てもうっとりするわ。その後で、どこかでお夕食をしましょう。あなたはおさしみやおすしは好き？」

「それはなんですか？　私、知りません」スージーは正直に言った。

「日本料理よ。大嫌いだという人と、やみつきになる人といるわね。東四十八丁目のあたりには、いい日本料理店が何軒かあるのよ」

バイナーは、午後ずっと戻ってこなかった。彼が腹を立てているという思いが、スージーの心に雲のように重くたれこめていた。彼が、ひどく気に障ったことを、黙って見過ごしておく人間だとは思えなかった。彼の私生活について出しゃばったことを言ったりすべきではなかったと、スージーは反省していた。彼のライフスタイルをとやかく言う立場ではないのだ。

とはいえスージーは、三人の美しい、社会的にも卑しからぬ女性たちが、愛人のような立場に甘んじ、おぼしめしに身を供していることを思うと、ひどく不思議な気がしてしまうのだった。

　三人の女は彼を共有しなければならないわけだが、彼のほうは、彼女たちにほかに男がいてもいいと思ってはいないだろう。彼はどんなに長く会わなくても、彼女たちが彼一人に操を立てるのを当然と考えているにちがいない。

　スージーは積極的な女権拡張論者ではなかったが、どんなに金持で魅力的であっても女性をハーレムの女のようにあつかう男には、強い反発を感じた。同時に三人を愛せるはずがない。おもちゃにしているだけなのだ。

　だがスージーは、アリクスと劇場に行った晩、バイナーがレディ・ベリンダの手に優しくキスするのを見て、微《かす》かなねたましさを感じたことも忘れてはいなかった。

　時折、ふいに熱にでも浮かされるように、男の愛が欲しくてたまらなくなる。満たされぬ思いを抱えて寝つけないまま寝返りを打ち続けながら、一生寂しい独り寝をするしかないのかもしれないと思い、やりきれなくなるのだった。

「四時だわ。お茶にしましょう」ハンナの声に、ウルフ・バイナーがとりあつかっている機器類の一つであるコンピューターのインストラクションを見ていたスージーは、はっとして顔を上げた。

　スージーは後ろめたさを感じた。何分かの間、それを読まずにぼんやり考えにふけっていたのだ。それも、仕事中にあるまじき考えに……。

「お茶？　アメリカ人はめったにお茶を飲まないと思っていましたわ」

「私は飲むのよ。それに、この間の週末に、未来の義理の息子たちのために焼いたチョコレートチップクッキーがあるわ」とハンナは言った。「私、料理が好きなのよ。でも母が死んでアパート暮らしをやめてからは、する機会がほとんどなくてね。ホテル住まいは、便利でとても快適よ。でも時々自分の家というものが恋しくなるわ。ジョージ――夫になる見こみの人だけれど、彼は、私がすぐに料理なんかに飽きてしまうだろうと言うの。でも、私はそうは思わない。あなたは結婚してからも仕事を続けていたの？」

「いいえ……家にいました。夫が……亡くなるまで」

今でもスージーは、クリスのことを、ごく自然に話すことができない。あのできごとについて、じぶんが咎《とが》められることは何一つないと理屈ではわかっているが……。

スイートには配膳室《はいぜんしつ》がついており、ハンナはそこでお茶をいれた。

「リビングルームに行きましょう。留守中に使ったからって、バイナーさんは気を悪くしないわ。一緒にお茶を飲むこともあるのよ」

リビングルームの壁の絵には裸婦像は一枚もなく、つややかな果実やワインのびんにパンとチーズといった心休まる静物画ばかりだった。

夕方、スージーが外出のためにじぶんの部屋で着がえをしていると、電話が鳴った。

「スージ……スージー・ウォーカーです」

「ちょっと来てくれないか、ウォーカー夫人」

その厳しい口調に、スージーは内心縮み上がった。

「はい、すぐに参ります」

部屋を出る前に、スージーは急いでハンナの部屋に電話をした。「今、バイナーさんに呼ばれました。待ち合わせに少しおくれるかもしれません」

「そう……知らせてくれてありがとう。それなら、ロビーではなく、用が済んだら私の部屋へ来てくださる？」

「はい、そうします」

エレベーターでスイートに上りながら、スージーは心を落ち着かせようと何度か深呼吸をした。

スイートのドアの鍵《かぎ》は、あらかじめもらっていた。ロビーを横切り、震えながら、リビングルームのドアをノックした。

「入りたまえ！」鋭い返事が返ってきた。

〝バイナーさんは、何かに腹を立てると、もう！〟昨日ハンナがそう言うのを聞きながら、スージーはまさかじぶんが次の日にバイナーを怒らせ、その〝もう！〟に対決する羽目になるとは思いもしなかった。

立って壁の絵をながめていたバイナーは、スージーに顔を向けた。彼はディナー・ジャケットを着ており、純白のドレスシャツの襟が、日焼けの色を引きたてていた。

たいていの男は、正装をするととても立派に見える。スージーの父や、赤ら顔で頭がはげかかっていて二重あごの田舎くさい男でさえそうだった。

ウルフ・バイナーが素晴らしく立派に見えた――髪は房々とし、あごの線はきりりと締まっている。スージーは、ソーヤー夫人やレディ・ベリンダ、まだ会ったことがないマダム・デュポンが、彼を独占できないということに耐えている理由が、ふっと理解できたような気がした。女が知性の輝きと同時に、長身でたくましく、ひょうのようにしなやかな体を持つこの見事な男と、たとえ一夜なりと共に過ごしたいと願うのは当たり前ではないだろうか。

一瞬のうちにそんなことを思いめぐらす一方、スージーは、バイナーが初めて見せる厳しい顔つきに気づいてもいた。

5

後になってスージーは、よくじぶんから口を切る勇気があったものだと思った。

「私をお呼びになった理由はわかっています」と、スージーは落ち着いた声で言ったのだった。「私、お詫《わ》び申し上げなくてはなりません。きょうの午後、口にすべきでないことを、不作法にも口にしてしまいました。軽率でした。今後は二度とそういうことのないように注意いたします。大変申しわけありませんでした」

バイナーは黙ったまま長いこと、その黒い目を釘《くぎ》づけにするようにスージーに注いでいた。

「じぶんから過ちを認め詫びて出るということは、なかなかできないことだ」と、バイナーはようやく口を開いた。「たいていの場合言いわけをするか、できれば他人に罪を転嫁しようとする。率直に言って、君があんなことを言うのを聞いた時には、僕は君の人柄を見誤ったと思った。思慮分別に欠ける人間と一緒に仕事はできない。それにしても、なぜあんなつまらないことを言ったんだ?」

スージーは本当のことを述べても悪い理由はないと結論を出してから、言った。「ハンナがこう言ってくれたんです——全く不必要なことでしたが——あなたと一緒に働くことにはなんの心配もない……困った事態にまきこまれる心配はないと」

「全く不必要なこととは、どうしてだね」

「そういう不安を全く持っていなかったからです。今までそんな目にあったことがないからなのかもしれませんが、でも私は、女性の部下にいやなことをするような男というのは、きっと家で頭が上がらないか、権力を行使しなければならないくらい魅力のない男だろうと思うのです」

　バイナーの口元が、微《かす》かに笑うように持ち上がった。

「なるほど。それを君のほうからハンナに確かめたのでないとわかってよかった。ところで、部屋は気に入ったかな？　必要な物は皆そろっているかい」

「はい、ありがとうございます。とても居心地の良いお部屋ですわ」スージーは、ハンナが日本料理店に席の予約をとっているのが気になっていた。「今夜はハンナが、エンパイア・ステート・ビルからの夜景を見に連れていってくれます。その後で、おすしという食べ物を教えてくれることになっているんです」

「ニューヨークは、世界中のうまい物が集まっている所だ。楽しんで来たまえ」

　もうさがってもよいという意味だと解し、スージーは「ありがとうございます。では行って参ります」と言い、急いで部屋を出た。

　エレベーターに乗ってから、スージーはひざががくがくした。危うくイギリスに送り帰されるところだったと、ぞっとした。

　ハンナがボストンに発《た》つ前の日に、スージーはニューヨークでの買い物の秘訣《ひけつ》を教えてもらった。

「秘訣ってほどのことではないの。みんな知っているけれど、ただそれを生かしている人が少ないってこと」と、ハンナは言った。「一定範囲の予算で良い服装を整えようとするなら、こつはアンリ・ベンデルとかアルトマンとか一流の店で服を見ること、そして、買うのはローワー・イースト・サイドにすることよ。欲しい物があったら値札についているコードナンバーをメモしておくの。オーチャード・ストリートやキャナル・ストリートのブティックは、スペースの関係上、あまり品物を店に並べていないの。欲しい物があったら、元の店で値札を見て、コードナンバーをメモしてリストにしておくことよ。いつもあるとは限らないけれど、もし見つかったら、五番街《フィフス・アベニュー》で買うよりずっとずっと安く手に入るわ。一流デザイナーの服は何シーズンか着た後で、リセール・ショップで売れるのよ。そんなふうにすれば、ソーヤー夫人のように湯水のようにお金を使わなくても、負けないくらい良い服装ができるわ」

「バルバドスにはどんな服が必要かしら？」スージーはきいた。

　ハンナは新婚旅行でバミューダへ行くことになっており、スージーはウルフ・バイナーの休暇のお伴をして、カリブ海のバルバドス島へ行く予定だった。

「水着二枚とビーチコート、サンドレスが二、三枚、夜の外出着が一枚あればいいわ」ハンナはアドバイスした。「バルバドスには良い服を売っている店があまりないし、値段がとても高いから、向こうで海浜着を買おうと思わないほうがいいわ」ハンナはいよいよ発つというその日に、最後にもう一つどきりとするような忠告をしてくれた。「私のように、あまり長くこの仕事をしすぎないことね。確かに仕事は面白いわ。世界中あちこち見ることができるし、著名人にもたくさん会えるし。でも、私が最初の年にしたような大きなミスだけはしちゃだめよ」

「それはどんなこと？」

「ボスに恋をするなってこと」

　スージーはびっくりした。「あなたがバイナーさんに恋を？」

「ええ……馬鹿みたいだったわ。でも、その時私は、今のあなたと同じくらいの年だったの。すてきなボーイフレンドもいたのよ。でも彼はウルフ・バイナーに比べると見劣りがしたわ――たいていの男がそうだけれど……。月に恋い焦がれるのと同じことだと気づいて正気に戻った時には、ボーイフレンドはもう別の人と結婚して二児の父親になっていたわ。ウルフ・バイナーが家庭を持つタイプの男性でないことがわかるまでに、そんなにも長い時間がかかったわけね。もっとも彼が結婚するとしても、じぶんとつり合った人とするでしょうけれど——頭が良くて、美しく、家柄のいい女性と」ハンナは微笑して、つけ加えて言った。「あなたは当時の私よりずっと分別がありそうだわ。それに今は彼のライフスタイルも違っているし。そのころは例の三美神はいなくて、いろいろな女性と交際していたのよ。でも現在のように事業がすべて順調というわけではなかったから、遊ぶよりまず仕事中心だったわ。私が恋をしたのは、彼は思いやりのある雇い主で、そして男性としてもとても魅力的だったからよ。私が勝手に恋に落ちただけ」

　スージーの三カ月の試用期間は、パイン・ケイに滞在中に終了した。パイン・ケイは、バハマとハイチの間の太陽の輝く青海原に浮かぶ、八つの島と四十のさんご礁からなる群島の一つで、最近はバハマやほかのカリブ海の島々が俗っぽくなってしまったと嘆く、より抜きのお金持ちたちの、息抜きの天国になっていた。

　パイン・ケイには、メリディアン・クラブと、主に自家用飛行機族が持っている別荘の小さなコロニー、さんご礁諸島を保護する地質測量機関の施設があるだけだった。

　ウルフ・バイナーは、ここに別荘を持っている友人に招かれて来ていた。その友人は、彼もここに一軒持つべきだとすすめていた。

　バイナーはスージーをニューヨークに残してきても差しつかえなかったはずだった。ここでは家の用地を検分しながら彼が吹きこんだポケットレコーダーの録音メモを筆記するぐらいしか、スージーには仕事がなかった。

スージーはおおかたの時間を、のんびりと日光浴をして過ごし、前のバハマ旅行の日焼けがまだ残っている肌を、更にこんがり焼いた。

試用期間の最終日に当たる日の午後遅く、スージーはクラブの美しいプールの側《そば》のサンベッドに、まだぎらぎらしている日ざしから顔を麦わら帽で守りながら横になっていた。と、バイナーが自分の方へ来るのが見えた。

一歩ごとに、毎日のランニングで鍛えた長い脚の筋肉の動きが見てとれる。日の中でうっとりしていたスージーははっとなった。

体を起こし、ビキニのトップを急いで胸に引き上げた。ひもは背中で結んだままにしてあったのだ。

スージーは、バイナーが側に来る前に立ち上がり、言った。「ご用でしょうか、バイナーさん？」

「明日の朝発つことになったのを知らせたかっただけだ。文明社会に戻る用ができてね――ビルに言わせると向こうのほうが野蛮な所ということになるが」

ビルというのは、彼をここへ招待したアメリカの大富豪だった。

「ニューヨークですか？」

「そう、二、三日だが。その間に君との契約を正式にするのを忘れないようにしておいてくれたまえ。テストの結果は申し分なかった。君のほうもそう思ってくれているだろうと思うが」

スージーは素直に喜びを表した。バイナーの記憶力は並はずれているが、スージーは、自分が働きはじめた日付まで彼が心に留めていてくれたとは、思っていなかったのだ。

「私にとっては、申し分ないどころではありませんわ。一体何人の秘書がこんな素晴らしさを味わっているでしょうか？」スージーはかやぶき屋根の東《あずま》屋《や》や白砂の渚《なぎさ》、輝く青海原をぐるりと見まわした。

「こういう所も一週間くらいはいいが、人はともかく僕は、何カ月もいたいとは思わないな」バイナーは、体をオイルでてかてかにし、ただひたすらじっと日なたに寝そべっている人々を見やりながら言った。「あと二十年もしたら、僕も浮世を離れてぼんやり過ごす人間の仲間入りをするかもしれないが、今はまだだ。じゃあ」

スージーは、ラグーンの方へ歩いていくバイナーの後ろ姿を見送った。広い肩と引き締まった腰、背中の筋肉が波打っている。スージーはため息をついた。〝泳ぎに行くんだが、君も来ないか〟と、彼が誘ってくれたらすてきなのだけれど……。

ハンナの警告が頭に浮かんだ。〝あなたのボスに恋をしてはだめよ〟

が、もうすでに手遅れだった。ウルフ・バイナーにロンドンで会ったその日から、恋をしてしまったのだ……。

その晩二人はパーティに出かけ、そこでスージーは、ロベール・マリニというフランス人と出会った。彼は最初礼儀正しく振る舞っていたが、スージーがバイナーの秘書だとわかると、俄然《がぜん》くだけて親しみを示してきた。

「君は彼のガールフレンドかと思っていた」と、ロベールは言った。「これにはどんな意味があるの」と、スージーの結婚指輪に手をふれた。「離婚？」

「未亡人なのよ」

「もうどのくらい？」

「三年」

「ご主人がずっと年上だったわけ？」

「たった一つ上だっただけ」

「若死にか。気の毒だなあ。でも、三年たつなら、心の傷は癒《い》えたろうね。今、恋人は？」

　彼の率直さにびっくりしながら、一方でスージーは面白くも思った。スージーは頭を横に振った。

「どうして？」と、フランス人らしく大げさに肩を持ち上げる。「君は若くて、美しいのに。恋人がいて当然だよ。好みの男が見つからないのかい？」

「そんなところかしら」と、スージーは軽く答えておいた。「もっとも、そう熱心に探してもいなかったけれど。今、私はニューヨークに恋をしているの。ニューヨークにいらしたことがあって？」

「何度も。僕は世界中知っているよ」ロベールは額に落ちかかった金髪をかき上げた。彼の目はブルーグレーだった。つい二、三時間前にパイン・ケイに着いたということだったが、彼の肌は焼けていなかった。

「どんなお仕事をなさってらっしゃるの？」

「僕はいわゆるボン・ヴィヴァンさ。君の国ではなんていうのかな。快楽主義者？」

「ええ、でも、それは職業ではないわ」

「いや、最もエキサイティングな職業さ。毎日毎日を楽しむ……すべての時間を快楽でうめつくすのは、たやすいことではないよ」

「私には、そんなことは不可能としか思えません」

「僕には、不可能じゃない。ある日に比べるとある日はそれほどじゃないことは認めるけれど。明日は僕の最良の日の一つになるだろうな。きれいな女性と一緒に過ごすんだ。僕はその人にすっかり心をひかれてしまっている。朝、小舟を借りて、ラグーンに出てみようよ。午後は……その時しだい《セラ・デパン》」

　スージーは、ロベールがそれをじぶんに言っているのだと気がついた。そして、〝セラ・デパン〟というほのめかしのまぎれもない意味に、思わず頬を染めた。

　ロベールはスージーの手をとり、そこにくちづけした。「何時に会おう？　日の出の時というのは？」

　スージーに手を引っこめた。「明日バイナーさんと一緒にパイン・ケイを離れます」

「そりゃ残念だなあ。どこへ？」

「ニューヨークです」

「それなら僕もぜひニューヨークへ行かなくては。今すぐにではないが、近いうちに。君は運命というものを信じる？」

　スージーは微笑した。「あなたの運命は、日の出時のデイトの連続のようね」

　ロベールはスージーに微笑を返して言った。「確かに僕はたくさんの女性と関《かか》わってきた。しかし、いつでも〝本物の愛〟を求めようとしていたんだ。完璧《かんぺき》なところに到達するまでにはなんにでも試行錯誤があるのさ。踊らないか？」

　昔、スージーは朝起きるとまっ先にラジオのスイッチを入れ、ダンス音楽を流している局を探した。髪をブラッシングしながら寝室中を踊りまわり、浴室で歯をみがきながらステップを踏み、踊りながら朝食を食べたものだった。

　父はポップミュージックが我慢ならず、娘が足を浮かれさせている音楽を聴かなくても済むようにと、ヘッドホーンつきのトランジスタを買ってくれた。週に二、三回は、夜、クリスとディスコに行っていた。あの事故の時も、二人は、クリスの親が彼の二十一歳の誕生日のプレゼントに買ってくれたスポーツカーのカーラジオで、ポップスを聴いていたのだ……。

　スージーは不承不承ロベールにフロアに引き出された。初めのうちスージーの動きは、生来リズム感に欠けているようにぎこちなかった。

　が、ロベールは素晴らしくダンスがうまく、音楽も近ごろスージーの好みはオペラや管弦楽に変わっていたので初めての曲だったが、乗りやすいビートだった。スージーはしだいにリラックスし、腰を振り、肩を揺らし、忘れていた踊る楽しさを思い出していた。

テープミュージックは、ほとんど途切れることなく流れ、ロベールとスージーは、テンポの早い曲を続けて三曲も踊った。

スージーは長い間踊ったことがなかったし、息が切れてきてもおかしくなかったが、二カ月前から通っている運動教室の成果があって体力がついていたのか、なんともなかった。

バイナーの健康法に刺激され、トレーニング・スタジオに入会したのだ。

「女の踊り方を見ると、彼女がベッドでどんなふうかわかるっていうよ」ロベールは、スージーを腕の中に引き寄せようとしながら、ささやいた。

が、その時、ブロンズ色の手がロベールの肩に置かれた。「マリニ、スージーと踊りたい人間はほかにもいるんだ。君が一晩中彼女を独占できると思っちゃいけないな」ウルフ・バイナーが冷ややかに言った。

そう言われてロベールは、スージーを譲らないわけにはいかなかった。パートナーが変わると、スージーはロベールと踊っている時とは全然違う、どきどきするような興奮を覚えた。

とはいっても、バイナーはロベールのように強く抱き寄せるようなことはしなかった。右手を軽くスージーの腰に置き、言った。「ダンスが好きらしいね」

「昔は大好きでしたわ。十代のころですけれど」

「ロベール・マリニのことをどう思う?」

「一見してとても浮気な男性だとわかりますわ」

「女をベッドに引っぱりこむのが彼の遊びなのさ」

「たいていの男の人に、人生の一段階として、そんな時期があるんじゃありませんか」

「若い時には、まあね。マリニは二十九か三十のはずだ。だからたちが悪い」

　バイナーは二人の間のスペースを広げ、スージーの顔をのぞきこんだ。「はた目で見れば僕も同様だと思うかもしれないが、一つ違いがある。僕は絶対に人妻や何も知らない若い娘には手出しをしない。マリニは、誰だろうとお構いなしだ」

「ご警告ありがとうございます。でも、私は心配なさそうですわ。とにかく明日もう発つのですから」

「月影の下の散歩に引っぱり出されたら危ないぞ。言っておくが、彼は手が早いんだ」

「たやすくなびいてしまう人もいるでしょうが、私は違います」スージーは少しつんと言った。

　バイナーは再び体を退《ひ》いてスージーを見た。「僕の所で働きはじめてからデイトをしたかい？」

　残念ながらまだ一度もなかったが、スージーは言った。「二、三度、夜、食事に出かけました」

　バイナーは驚いたらしい。「そう？　僕の仲間の誰かとじゃないだろうね」

　スージーはすでにそのころには、バイナーの仕事の協力者たちや、アメリカの企業をリードする実業家の多くと顔見知りになっていた。中には二人ばかり、スージーを外に誘った者もいた。が、どちらも既婚者なのがわかっていたので、スージーは失礼な印象を与えないようにして断った。

「いいえ、勤務時間外に知り合った友達です」

「あの、バイナーさん、そこまで申し上げる必要はないと……」

「勤務時間以外にはウルフと呼んでくれ」

「そのほうがよろしければそうしますわ。けれど勤務時間内でも以外でも、私生活まで追及されなければならない義務はないと思います」

「ニューヨークはヨークシャーとは違う。君の良識はよくわかっているが、しかし、好ましくない連中を見極める世知があるかどうか心配だ。行きずりに親しくなるのは、たとえフリック・コレクションのような場所で会った相手でも、危ないことがある。フリックにはもう行ってみたかい？」

「ええ」

その大邸宅は、第一次大戦時代にピッツバーグの鉄鋼王ヘンリー・クレイ・フリックが建てたもので、ピエールホテルから数ブロック北にあった。フリックは邸宅を建ててから五年もたたないうちに、建物とその中身――アメリカ美術のコレクションをニューヨーク市の人々に残して、亡くなったのだ。

「階段脇《わき》にパイプオルガンがあっただろう」と、ウルフ・バイナーは言った。「毎日曜日の午後、フリックはオルガン奏者を雇って当時のポップミュージックを演奏させ、それを聴きながらイブニング・ポストを読んだそうだ」

「本当ですか？　フリックに行った時、若者が連れの女の子に、フリックの財産は労働組合のストライキをして殺された労働者たちの血でできていると話していましたけど」

「ロックフェラーの富は労働者の血で汚れているという人間もいるよ。ジョン・デビソン・ロックフェラーは五十歳で世界一の金持になったが、同時に立派な慈善家でもあった。彼は六億ドルを医学研究機関やそのほかの慈善の目的のために寄付をした。この話はそのくらいにして、どこでどんなふうにしてその外出の相手と知り合ったんだい？」

「そんなにおっしゃるんでしたら……皆、女の友達です。夜間講座で知り合ったんです」

「どんな講座をとっているんだい？」

「体を鍛える講座です」

「どうりで、バルバドスに行った時よりずっと健康的に見えると思っていたよ。泳ぎもうまくなったし、歩き方も生き生きしている」

「ありがとうございます」スージーは彼がよく見ていることに驚いた。ほかの女性の姿を鑑定しているのは見たことがあったが、彼はスージーには一度もそういう目を向けたことがなかったのだ。

「テニスをするといいな」ウルフは言った。「男女両方の友達ができる」

「今のところ、私は同性の友達だけで満足です」

「ほう、なぜ？」

スージーは単刀直入にきかれてどぎまぎし、答えに思案した。このごろは口を開く前にまず考えるようになっていた。正直に答えればこうだ――あなたに恋をしているからです。永遠に片思いだとわかっていても、ほかの男性には心が向きません。

「男女が友達になるというのは不可能だと思っているんです。夫婦でとても仲が良いとか、互いの間に共通の趣味とか仕事とか打ちこんでいるものがある場合は別かもしれませんが――」

「そう、確かにね。しかし友情以外の関係もある」

「ええ……ロベールのような人との情事とか。でも私は好きじゃありません。仕事に打ちこみ、そういうのではない経験を積みたいと思っています」

音楽が止まり、ウルフはスージーから離れていった。入れ替わりに愛想の良いパーティのホストが、ホストの義務として一曲申しこんで来た。

その夜はそれ以上ウルフ・バイナーと二人で話をすることもなかった。ロベールも再び近づいてこなかったので、スージーは幾分拍子抜けした気分だった。ウルフに警告されるまでもなく、ロベールが注意人物だとわかっていたにしろ、あんなふうに誘っておいて、後は全く無視されたのは、いささか寂しくもあった。

パイン・ケイから戻って十日後、スージーが一日の仕事を終えて自室に帰ると、コーヒーテーブルの上に、アプリコット色のカーネーションが生けてあった。

何かの手違いだろうと、スージーは思った。誰かの花が間違って届けられているとホテルの花屋に知らせようとしたが、ふと見ると葉の間にカードがはさまっていた。

カードにはこう記されていた。〈ぜひとも電話をいただきたい。午後五時から七時までの間に下記の番号に〉そして、電話番号とR・Mのイニシャル。

一瞬わけがわからなかったが、ああと思った。君には恋人が必要だと言い、誘いをかけてきたロベール・マリニのことを思い出した。近いうちにニューヨークに来ると言っていたが、スージーは彼のことをすっかり忘れてしまっていた。

どうして私の居場所を知ったのだろう。たぶんパイン・ケイにウルフ・バイナーを招待したビルからでも聞き出したのだろう。スージーには、ぜひとも電話をする義理も理由も全然なかった。知らん顔をしていてもいいわけだった。

が、とても高価な花——三ダースはある——を見ると、そのお礼だけは言わなければならない気がした。

その電話番号をダイヤルすると、メイフェア・リージェント・ホテルに掛かった。そこはこのホテルから歩いてすぐの所にあり、スージーはその前を何度か通ったことがあった。

「スージー？　元気かい？」電話を通すと、ロベールのフランス訛《なまり》が強く響くようだった。

「元気です。あなたはいかが？」

「君の声を聞いたから、ますます元気いっぱいさ。君と踊ってからずいぶんになるね。けれど、これでも精いっぱい早く駆けつけてきたんだ。君を追いかけてくると言ったのを信じていた？」

「いいえ……ニューヨークにいらしたのは、私に会うためなどでなく、もっと大切なご用向きがあってでしょう？」スージーは軽くいなした。

「はずれだ。僕は君に会うため、それだけのために来たんだ。いつ会える？　今夜、夕食はどう？」

「あいにくですが」

「誰かとデイトなの？」

「いいえ、夜間講座があるんです」

「一度ぐらいさぼれるだろう」

「さぼりたくありません。楽しみにしているんです」

「なんの勉強をしているの？」

「解剖学です」

「君は日曜画家なのかい？」

「健康のための解剖学ですわ。いかにして筋肉を柔軟にし、鍛えるかを勉強しているんです」

「筋肉を鍛えるだって？　どうかしているんじゃないかい？　君の体は今のままで充分美しい。どうしてそれを目茶苦茶にしなくてはならないんだ？　筋肉は男のものだよ」

「かつてはね。でも今では私たち女性にも認められていますわ」

「参ったなあ！　僕はウーマン・リブの闘士に恋をしてしまったのかい？」

「あなたは私に恋などしていませんわ。それに私はウーマン・リブじゃありません。ただ男の人が今のあなたのようなことを言うとつい。ともあれ、お花をありがとうございました」

「本当は赤いばらを送るつもりだった。が、あのカーネーションを見たら、顔を赤らめた時の君の肌の色を思い出してね」

「あんなに高価なものをいただいて、心苦しく思いますわ」

「その筋肉の講座は何時に終わるの？　ステーキを

ごちそうするよ。何か強い女が食べる別のものでもいいけれど」

「ちゃんとした所に行けるような格好をしていませんわ」

「かわいい女の子がレオタード姿で入っていっても、誰一人眉をひそめない店をいっぱい知っているよ。レッグウォーマーもはくのかい？」

「いいえ」

「はいておいで。あれはすごくエロティックだ。場所はどこ。何時に迎えに行ったらいい？」

スージーは、どうしてじぶんが降参する気になったのかわからなかった。ウルフ・バイナーに知れたら、彼が良い顔をしないことはわかっていた。ロベールの誘いの意図が、ただ性的な征服欲だけだということも知っていた。じぶんには全くその気がないのに彼とつき合うのは、実に馬鹿だと思った。

が、拒絶する理由は山とありながら、スージーはトレーニング・スタジオの住所と、迎えに来る時間を、ロベールに告げていた。

ロベールはスージーを二番街のハンガリア料理の店に連れていった。小さな店で、特に上品ともいえなかったが、途中のタクシーの中でロベールは、そこの食べ物はすべて自家製で、とてもおいしいのだと言った。

「どうしてレオタードじゃないんだい？」と彼は、スージーがレインコートを脱ぐのに手を貸しながら言った。

「歩いて帰るので、いつも着がえるのよ」四十分間体を動かすと、黒い長袖のレオタードは汗でぐっしょりしてしまうのだとは、説明しなかった。スタジオにはシャワーの設備があるので、髪をキャップで包み、熱いお湯と水を三分間浴びてきた。そしてどこに食事に出かけても場違いに見えないように、クリーム色のシルクのシャツと黒いウールクレープのスカートを着た。

「夜、歩いて帰るって？　危なくないのかい？」

「大丈夫のようよ。遅くならないようにしているし、暗い通りは歩かないわ。ニューヨークにはなんのご用でいらしたの？」

「言ったろう……君のためさ」

スージーは微笑した。「そんなこと信じません」

ウエイトレスがメニューを持ってきた。

「スザンヌ、君は何を飲む？」明らかにロベールは、わざとスージーの名をフランス風な呼び方にしているのだった。

「赤ワインを」

ロベールはウエイトレスが持ってきたリストにさっと目を走らせると、注文した。そして、二人きりになると言った。「でも、本当なんだよ。ほかに何も用なんてない——君にもう一度会いたかったんだ。そんなに信じられないことかな？　その理由は、君が鏡を見るたびに、そこに映るものさ。君は美しい」

「ありがとうございます。でも、お気を悪くするかもしれないけれど、あえて申し上げておきます。何十本カーネーションをいただいても、おいしいお食事をごちそうしてくださって、いろいろ嬉《うれ》しがらせをおっしゃっても、私、ベッドはご一緒しません。もし、そういうことを期待なさっているのなら、がっかりなさるわ。私は、行き当たりばったりに恋をする趣味はありませんの」

怒るどころか、ロベールはおかしそうな顔をした。

「君は、夕食に誘う男みんなに、そう宣言しているのかい？」

「こんなこと、前にはなかったわ。夫が亡くなってから、男性と外で食事をするのは、これが初めて」

ロベールの目から微笑が消えた。少し間を置いてから、彼は静かに言った。「彼を深く愛していたんだな」

「ええ……」と答えるのが当然なのに、スージーの口からは別の答えが飛び出した。「どうかしら。私たち、まだおとなになりきっていなかったわ。十九歳では、本当の愛はわからないのじゃないかと今になって思うの。あなたは結婚なさったことは？」

「ない。世間では、結婚は立派な制度だというけれど、僕にはまだ、そこまで行く心の覚悟がない」

ウエイトレスがワインを運んで来た。そして、料理の注文を促した。スージーはハンガリア料理なるものは初めてだったので、注文はロベールにまかせた。

「にしんのマリネに、サワークリームソース和えのパスタを添えたチキン・パプリカ。おいしそうだろう」

「ええ、とても！」

ウエイトレスが立ち去ると、彼はきいた。「ウルフ・バイナーの所で働きだしてどれくらいになるの？」

「まだ三カ月少々」

「僕らが踊っている時に、彼が割って入ってきただろう。わざと引き離そうとしたのさ。彼とはパリでも数回顔を合わせている。彼は僕に好感を持っていないんだ。きっと君に、僕と関わるなと言ったろう？」

「ええ、言いましたわ」

「ということは、君は彼の忠告を無視したわけだ」

「私はじぶんの目で判断したいんです。でも、あなたの女性関係について、バイナーさんが根も葉もないことを言うとは思いませんけど」

「彼の評判だってたいして清潔じゃない。彼の女たちのことは知っている？」

ロベールはマダム・デュポンを知っているにちが

いないと思ったが、スージーは好奇心を抑えつけた。

「バイナーさんのことをあれこれ言うつもりはありません。今の話とは無関係です。今私たちはあなたの評判の話をしているんですから」

「わかった」ロベールは肩をすくめた。「しかし、女だって天使じゃないよ。今じゃ妊娠を恐れる心配もなくなったから、我慢なんかしないのさ。十六歳以上で処女だというのは少ない。彼女たちはすべてを知りたがっているし、それは悪いことじゃないだろう？　セックスするのは罪悪じゃない。それどころか、人生の良きものの一つさ」

「私にはよくわかりませんけれど、愛していない人とそういう関係になるのは、単に代償行為なのじゃないかしら」スージーは話題を変えたくなった。

「あなたはパリにいらっしゃることが多いんですか？」

「春と秋のパリはとても好きだ。夏は観光客が多すぎる。冬は天気がひどくてね」

「今月の末にバイナーさんとパリに行く予定なんです。私は初めてなのでとても楽しみ。一番の見どころは何かしら？」

「パリの第一夜は、僕とラ・コロンベで食事をすること。パリで一番古いビストロで、シテ島にある。セーヌ川にはもう一つサン・ルイ島があって、こっちのほうが小さいんだが、そこに僕の住まいがあるんだ。いつかぜひ君を招待しなくちゃね。パリの中心部なんだが、静かでとても良い所だよ。祖母が残してくれた家なんだ。彼女はバイナーのおばあさんと友達だった。バイナーに、フランス人の血が八分の一、混じっているのを知っているかい？」

スージーはうなずいた。

「大きな家なんだ。それを四つのアパルトマンに仕切り、僕は昔使用人用だった屋根裏部屋を住まいにしている。広いワンルームに改造して、セーヌ川を見晴らすルーフガーデンも造った。僕はそのアパルトマンの家賃の上がりで気ままに暮らしているわけさ」

「メイフェア・リージェントのようなぜい沢なホテルに滞在できるということは、そこのお家賃はさぞかし高いのでしょうね」

「高いよ。サン・ルイ島は最高級住宅地だもの。ほとんどが十七世紀の美しい建物さ。僕の家もね。が、祖母はアパルトマンにはしないと頑張っていたから、晩年はメイドを一人しか雇えないという、ずいぶん切りつめた暮らしをしていた」

「バイナーさんのおばあ様もサン・ルイ島に住んでいらしたの？」

「いや。彼女のアパルトマンはブローニュの森に近いパッシィにある。マダム・デュポンのアパルトマンと同じブロックにね。彼女は君のボスのフランスの情婦だ——実に都合よくやっているのさ。仕事をしながら快楽にも不自由しないように」

スージーはそれについては一言もふれずにおいた。

「おばあ様が亡くなる前には、あなたも何かお仕事をなさっていたのでしょう？」

ロベールは顔をしかめた。「思い出してもぞっとする。銀行でね——飽き飽きする仕事だった。喜び勇んで辞めちゃったよ」

「ほかにしたいと思う仕事はなかったの？」

「一つも。僕はいつも、父やその父のように遊んで暮らせたらいいと思っていた。彼らは働く必要など全くなかったんだ」

「でも、今は誰しもが働く世の中ですわ。前世紀の遺物的な暮らしは、むしろ寂しくないかしら。毎日毎日が休日だとしたら、それをあなたは何をして暮らしているのかしら」

「いろいろさ。旅、スポーツ——スキーにウィンドサーフィン、ヨット、そのほかあれこれ。パーム・

スプリングスからサントロペまで、友達は到《いた》る所にいるしね。どこかでいつも誰かがパーティを開いている。僕はどこでも大歓迎さ。退屈だと思ったことは一度もない。本当さ。君は、もし働かなくても暮らしていけるとなったとしたら、退屈すると思うかい？」

「どうかしら。思わないかもしれないわね」

ロベールはデザートにクレープをすすめた。アプリコットバターと砂糖をまぶしたくるみに、カテージチーズをくるんだハンガリアのクレープはとてもおいしくて、スージーはカロリーを気にしながらも平らげてしまった。家にいる時には太らないようにケーキやデザートをとらないようにしていたのだが。

「明日はインド料理かギリシャ料理にしよう」

「明日の晩は一緒にお食事できません」スージーは急いで言った。

「ほかに約束があるの？」

「いいえ、でも……でも、あなただってほかにニューヨークで会いたいお友達がいるでしょう」

「君が昼間働いている間に会えるよ。夜は君と過ごしたい——朝食を一緒にというのが無理だとしてもね」ロベールは冷やかすように、にやっとした。

　彼はスージーをタクシーでホテルまで送り、運転手に待っているように言いおいて、入口までスージーと一緒に来ると、手にキスをした。次の晩のことは何も言わなかった。

　スージーはロビーを横切りながら、実はタクシーがホテルの前に着いた時からウルフ・バイナーに出くわしはしないかと、びくびくしていた。エレベーターに乗ってしまうまで心が落ち着かなかった。

6

　翌朝スージーが朝食をとっていると、電話が鳴った。ロベールからだった。お昼を一緒にしないかという誘いだった。

「いいえ、悪いけれどだめよ」スージーはきっぱりと断った。「三十分しか時間がないわ」

「たった三十分だって！　まるで奴隷あつかいじゃないか」

「とんでもないわ。バイナーさんはとても思いやりのある雇い主よ。お昼にシャトーブリアンステーキでもなんでも、好きな物を食べていいと言われる秘書がいるかしら？」

「きょうはステーキを食べちゃいけない。夜、インド料理が入らなくなるからね。七時に迎えに行く、いいね？」

　仕方なくスージーは承諾した。

　が、その晩スージーはロベールに会わなかった。午前中に、ウルフ・バイナーとトロント行きの飛行機に乗っていたからだ。ロベールのホテルにことづけた伝言には、どこへ行くかは伏せて、単にしばらくニューヨークには戻らないだろうとだけ告げておいた。

　ウルフのもとで働きはじめてから七カ月後に、スージーは初めて故郷に帰った。が、ブロックソープの両親の家は、もはや本当のじぶんの家とは感じられなくなっていた。生まれ育ったヨークシャーの小さな町よりも、パリやニューヨークのほうが心が寛《くつろ》いだ。

　その帰郷は、じぶんが変わったことを、まざまざと見せつけられる旅だった。

「楽しかったかい？」と、ロンドンで合流したウルフが尋ねた。

「はい、おかげ様で」とスージーは答えたが、実のところ、仕事に戻れたのが嬉《うれ》しかった。田舎での週末は、思い描いていたように楽しくなかった。正直にいえば、退屈だった。ウルフと行動を共にするうちに、スージーの物の感じ方見方は、計り知れないほど深く広くなっていた。もとのじぶんに戻ることは不可能だったし、戻りたくもなかった。

ウルフとスージーは、ロンドンからブリュッセル、そしてパリに飛んだ。パリでスージーは、ウルフ・バイナーの祖母の、七十九歳の誕生祝いのパーティの手はずを整えた。スージーは何度か老婦人と顔を合わせた。老婦人が彼を溺愛《できあい》していることは、すぐにわかった。老いてなお鋭い青い目をしており、スージーは孫に対する気持に探りを入れられるたびにどきりとした。

再度パリを訪れた時、スージーはロベールとばったり道で出会った。ヴォージュ宮のアーケードの下をぶらぶら歩いている時だった。「スザンヌ！」と声をかけられ、振り返るとロベールがほほ笑んでいた。

その晩二人は一緒に食事をした。

ロベールは、スージーがパリにいる間中、根気よく求愛してきた。が、スージーが明日はパリを発《た》つという日、路上のカフェで向かい合いながら、彼は言った。「どうやっても見こみなしらしいな。そうなんだろう？」

それは明白だった。

「ごめんなさい」

スージーはロベールが嫌いではなかったし、一緒にいるのは楽しかった。けれど、ベッドを共にする気にはならない。

夕食の後、ロベールはプラザ・アテネに送ってくれた。これがロベールとの最後のデイトだと、スージーは思った。彼の中にはプラトニックな友情の場所などあり得ず、スージーの中には、情事の場所はなかった。

ウルフ・バイナーの〝ハーレム〟が一つ減ったことを、スージーはハンナから教えられた。

スージーは週半ばに一日休みをもらい、前の日に夫のジョージとマンハッタンに来ていたハンナと、ショッピングに出かけた。

ブルーミングデイル・デパートのプレタポルテを見てまわりながら、スージーはきいた。「ボストンの買い物事情はどう？」

「悪くないわ。一度ぜひいらっしゃいな。クインシイ・マーケットにはすてきなお店があってよ。でもボストンはニューヨークとは違うわ。もっとこぢんまりとして落ち着いているわね。ああいうエレガントさには出会わないわ」ハンナは、すれ違った美しい装いの同性を、ほれぼれとした目で振り返った。

「ニューヨークをなつかしいと思って？」

「なつかしくないことはないけれど、またここで暮らしたいとは思わないわ。今の暮らしが楽しいの」

ハンナはスージーの腕にぎゅっと腕を絡ませた。

「私、主婦っていいと思うの。仕事を捨てたことに後悔など一つもないわ」

「ジョージや息子さんたちのために、きっと今もばりばり働いていらっしゃるんでしょうね」

「まあね。でも秘書の時とは少し違うわ。自主的といったらいいかしら。前は仕事のスケジュールをきめるのはウルフだったけれど、今は私自身の裁量。ウルフといえば、彼、ソーヤー夫人と何があったのかしら。二人が別れた原因について、あなた、心当たりがあって？」

「今初めて知ったわ。本当？」

「もうかなり前のはずよ。美容院の、何号か前の雑誌で見たんですもの。彼女は誰かほかの男性と一緒に食事をしていたわ。ウルフと元のままだったら、彼女は決してそんなことをしませんからね。あなたはウルフのためにレストランの予約や、花や何かの贈り物の手配をしているわけでしょう。いつ彼が彼女と別れたかわかるはずよ」

「そういえば、かなり前からそういう手配はしていないわ。ソーヤー夫人は二、三週間ニューヨークを空けていたみたい。彼女のほうが振ったんじゃないかしら」

「ウルフを振る？　まさか！　彼が彼女の焼きもちにうんざりしたのだと思うわ。デナ・ソーヤーのかわりには誰が登場するのかしら。当分はわからないわね。はじめのうちは、彼がじぶんで花やプレゼントを選ぶから。でも請求書でわかるわね」

が、ソーヤー夫人のかわりは、なかなか現れる気配を見せなかった。

スージーの日課の一つに、ウルフ・バイナーが赤鉛筆でしるしをつけた新聞記事を、切り抜きファイルする仕事があった。

彼は、水を液体水素に変え燃料化する技術開発に強い関心を持っており、それが完成すれば、世界経済に革命的な影響を与えるだろうと言っていた。

ある午後、スージーがテキサス農工大学の重要な研究発表の記事を切り抜いていると、ウルフが入ってきて、「今夜は暇かい？」と尋ねた。

夜の講座がある晩だったが、スージーは「はい」と答えた。

「知人が急にニューヨークに来て、一緒に食事をしようというんだ。彼の妻――三度目の妻も一緒でね。彼より三十くらいも若いんだが、頭の中に脳みそのかけらもない女なのさ。君に加わってもらって、彼女に服のことでもぺちゃくちゃしゃべらせておいてもらえるとありがたいんだ。さもないと、彼と何一つまともな話ができない。女房選び以外のことでは非常に知的な男なんだがね」

「喜んで」とスージーは言った。「何時に支度をしておけばよろしいでしょう」

「七時にここに来て一杯やることになっている。彼がどこに予約をとったかきかなかったが、そこにダンスフロアがなければ、後でナイトクラブに行くことになるだろう。シャリーンはダンスが好きだし、ボリスは彼女に甘いから。そういえば、君もダンスが好きだったね」

「はい」スージーは答え、パイン・ケイのパーティで着たコットンのイブニングドレスを、ニューヨークのナイトクラブで着るわけにはいかないと思った。

「タキシード着用の所に行くのでしょうか？」

「いや。しかし、シャリーンは目いっぱい飾りたてくるだろう、いつものように」ウルフ・バイナーは冷笑した。

「困りましたわ。私、夜の服をそんなに持っていないんです。絹のシャツではあまりよくないでしょうし」スージーは腕時計をながめた。「このファイルを明日にしても構わないようでしたら、私、ブルーミングデイルで、大急ぎで何か着るものを探してきますわ」

ウルフ・バイナーは少し考えていたがやがて、

「僕も一緒に行こう」と言った。

スージーは驚いたが、彼はじぶんの秘書が着ていくものに意見があるのかもしれず、それを考えると、断るのもどうかと思った。

五分後二人はホテルを出て、グランド・アーミー・プラザの方へ歩き出した。が、スージーが五十九丁目で東に折れようとすると、ウルフはスージーの肘をとり、そのまま、まっすぐに二ブロック五番《フィフス・》街《アベニュー》まで歩き、通りを西側に渡った。スージーは、マンハッタンで最も高級な店、アンリ・バンダルやバグドーフ・グッドマンの方に向かっていることに気づいた。そこは裕福な社交界の名士たちが買い物をする店だった。

「私、ここでは買えませんわ」スージーは入口で異議を申し立てた。「私の予算には合わないんです」

「僕の予算なら大丈夫だ」

「あなたにドレスを買っていただくなんて、そんなことできません」スージーは頑として言った。

「馬鹿げているよ。君は僕が飛行機の費用を払うのに文句をつけたことはないじゃないか」

「それは違いますもの」

「少しも違わないさ。今夜は君の仕事の範囲外のことを頼むんだからね。着てゆくものがないのなら、それを僕が整えるのは当然のことさ」

「でも私、ブルーミングデイルで、さほどお金をかけずに、ちゃんとした服を買えます」

「僕はブルーミングデイルとは口座取り引きがないんだ。さあ、閉店までもう一時間もないぞ」彼は、またスージーの肘をとり、店の中にせきたてた。ゆっくりとしたエスカレーターでファッション・フロアへのぼっていきながら、ウルフ・バイナーがすぐ後ろからスージーの耳元にささやいた。「今夜は君を秘書だと紹介するのはよそう。シャリーンは、じぶんより聡明《そうめい》な同性の前に出るとひどくおどおどするんだ。するとボリスも落ち着かなくなる。一晩君も頭の空っぽなふりをしてもらえないかな」

ウルフの温かい息が頬にかかると、スージーは頭を半分振り向けて答えた。「わかりましたわ。でも職業をきかれたらなんと言えばいいでしょう」

「彼女がそんなことをきくとは思えないな。じぶんのことばかりノンストップでしゃべりまくるはずさ。君にもし何か尋ねるとしても、ネイルエナメルの色の名とか、美容院はどこへ行っているかとかさ」

「とても知的な方が、どうしてそんな奥様に我慢していられるんでしょう」

「彼は彼女に知的なものを求めて結婚したんじゃないんだ。彼は、じぶんの雇い主の不器量な娘と結婚したのを足がかりに、立身出世をした男なんだ。その最初の妻が死ぬと、今度は非常に頭の切れる女性実業家と結婚した。彼の成功の基盤を固めたのは彼女だ。そして次にシャリーンはお楽しみ用の妻さ。一緒にいると若返った気になるんだろう。彼女をながめて喜んでいる。彼女の言うことに本気で耳を傾けたりはしないんだろうと思う」

「彼女が若い男性に心をひかれないかと心配にならないんでしょうか」

「シャリーンは老人にかわいがられるのが好きなのさ。若い男がいても見向きもしないよ」

スージーは前に、アンリ・バンダルをぶらりと見てまわったことがあったが、女店員たちは、この店で買い物ができる人種ではないと、すぐに見抜いたようだった。が、きょうはウルフ・バイナーと連れ立っているので、彼女たちの目は全然違っていた。

「いらっしゃいませ、バイナー様」一人が進み出てきて、あいさつをした。

「ディナーとダンスに着るものを探しているんだが」

「承知いたしました」女店員は経験を積んだ目をスージーの体に走らせ、尋ねた。「色にご希望は？」

「黒」とスージーは言った。

「赤」とウルフが言った。

「赤？」スージーはびっくりした。赤は着たことがない色だった。

「そう、赤だ。鮮やかなのではなく、くすんだ赤。ピンク・サファイアの色だ」

スージーはピンク・サファイアなどというものが

あるとは知らなかった。

たぶん女店員もそうだったろうが、彼女はそんな様子はおくびにも出さず、愛想よく言った。「どうぞおかけになってお待ちくださいませ。今何点かお出しして参ります。サイズは八でよろしいでしょうか」

スージーはうなずいた。スージーは落ち着かなかったが、ウルフはゆっくりと長い脚を組んでいた。彼は、この出費は当然だと言ったが、スージーは納得できなかった。彼にとっては痛くもかゆくもない金額ではあろうが、スージーにはもったいない気がどうしてもする。時間にゆとりさえあれば、西三十四丁目の、プレタポルテのコピーを専門に売っている店で、ずっと安く適当なものを見つけられるのにと思う。

昼の服は上等のものを買っても惜しくはない。が、夜の服はめったに着ないし、それに、ほの暗いレストランやディスコの中で、本物の絹に気づく人などいるだろうか。

やがて女店員は、五、六枚ドレスを出してきた。どれもとてもシックだったが、赤は一枚もなかった。後で考えると、それはその女店員の巧妙なテクニックだったとも思える。

「バイナー様、この方のサイズでご希望の色のものが見当たりません。今、ほかの者が調べておりますが、その間、こちらを何着かお試しになってみては。このやわらかなブルーはブロンドにとても良く映りますよ」

スージーは四着試着したが、どれもじぶんに似合うとは思えず、ウルフも気に入ってくれなかった。試着室から出るたびに、彼は一目見てだめだと首を振った。スージーはしだいに、ドレスが悪いのではなく、じぶんが悪いような気がしてきた。デナ・ソーヤーが着れば、どれも文句なく素晴らしく見えるにちがいない。たぶんウルフは、前にはデナ・ソーヤーを連れてここに来たのだろう。店員たちが彼の名を知っており、一握りの上客にだけ示すうやうやしさを見せているところからすると、しばしば来ていたと思えた。

五枚目のドレスを試そうとした時、別の店員が、ピンクがかった赤の、シルクシフォンのドレスを持ってきた。

「まあ、その色があったのね。そのハルストンのドレスは売れてしまったとばかり思っていたわ」

「お客様が返品してきたの。ご主人の気に入らなかったそうで。私もその方には無理ではないかと思ったんです。このドレスはよほどスタイルがいい方でないと……」

「こちらのお客様はきれいな体型をなさっていらっしゃるわ。間違いなくお似合いになるわ。それに色も、まさにバイナー様のご希望どおりですしね」

ハンガーに掛かっているそのドレスは、はっとするような赤い色と透きとおった美しい生地のほかには、特に目を引くところはなかった。

女店員に、このドレスはブラジャーをつけずに着るようになっていると言われ、言われたとおりにした。

するすると素肌をすべる絹のクレープデシンの裏地のやわらかさに、スージーは、ああなるほど、感触がまるで違うと思った。

背のファスナーを上げてもらう間、スージーは鏡に背中を向けていた。袖は裏なしで透きとおっており、ウエストは細く締まっている。スカートの腰まわりは体にフィットしていたが、ひざ丈のすその所でふわりと広がっていた。振り返って鏡の中を見ると、V字のネックラインは、ぎょっとするくらい深くくれていた。胸のふくらみの三分の一ほどが露出している。

「まあ、これはだめよ。絶対にだめ！」

スージーの声は試着室の外にも聞こえたのだろう。

「出てきて見せてごらん」と、ウルフの声がした。

「とてもお似合いですわ」と、店員は渋るスージーの背を押して促した。

スージーは露《あらわ》な胸元を両手で押さえながら、おずおずと彼の前に出た。

ウルフ・バイナーはざっとながめ、「後ろを向いて」と言った。「もう一度前。その手をおろしてごらん」

スージーは仕方なく手をおろしたが、ウルフの目が深くくれたV字に注がれると、顔が熱くなった。

「とてもいい。色も君のスタイルも……文句なしだ。靴は持っているかい？」

「黒のエナメルのサンダルがあります」

ウルフは頭を横に振った。「ゴールドがいいな」

彼は店員に、勘定は自分の口座から落とすように言い、服を持って帰るので包んでくれるように頼んだ。

「君が着がえている間に、靴売場を見てくる。サイズは幾つだ」

「アメリカサイズ七です」

スージーが下の靴売場へ行くと、彼はイタリア製のイブニングサンダルを選んで待っていた。スージーは、ティーンエージャーのころにも、そんなにヒールの高い靴をはいたことがなかった。

「結構」バイナーはスージーが歩いてみるのをながめて言った。「あれとそろいのバッグはあるかい？」

店員は、金色のキッドの小さなバッグを出してきた。

「それから、サンダル用のストッキング。一番透きとおったのを頼む」

彼のサインをもらいに来て控えていた、さっきのドレス売場の女店員が言った。「ドレスに合う口紅はいかがでしょう。あれは特殊な赤ですが、私どもの化粧品部には、同色があるはずですわ」

ウルフとスージーが店を出たのは、結局閉店五分前だった。ウルフはドレスと靴の箱を持ち、スージーはランコームの口紅と、ウルフ・バイナーがプレゼントだと買ってくれたマジ・ノワールの香水の小さな包みを抱いていた。

ピエールホテルには、新聞雑誌の売店、花屋、理髪店、美容院、そして、その細工の良さとデザインで世界的な定評のあるブルガリ宝石店のマンハッタン支店が入っていた。

ホテルに着くと、ウルフ・バイナーは言った。

「君は髪を直しに行くんだろう?」

「私はいつもじぶんでしていますわ。それに、ここの美容室は、予約なしではとても無理ですし」

「大丈夫さ」バイナーは確信に満ちた言い方をした。

そして彼は、美容院で申し込みをするスージーの側《そば》にいて、じぶんがついていれば、不可能なことは一つもないということを証明してみせた。

次に彼はスージーを宝石店に引っぱっていった。

上品な、年配の女性が応対に出てきた。

「ウォーカー夫人が今夜つけるものを、何か貸してもらえないか」ウルフ・バイナーがそう言うのを聞いて、スージーはびっくりしてしまった。

「よろしゅうございますとも、バイナー様」彼女は、ウルフが抱えているドレスの箱に目をやった。「新調のドレスに合うものですね。色とデザインを見せていただけますでしょうか」

ドレスは、ボディスを上にして納められていたので、箱から出さなくてもネックラインが見えた。

「こちらなどいかがでございましょう」

スージーは、真珠と赤いビーズを交互につなぎ、中央にやはり真珠とビーズで縁どられた深紅の大きな長円の石がペンダントになっている首飾りを見せられた。

「豪華だわ」スージーは息をのんだ。「これはルビーですか？」

「いいえ、ピンク・サファイアでございますよ。これは十八カラットありまして、色も冴《さ》えております。ドレスの色とぴったり合いますでしょう？　ところでバイナー様、来週もう一つオレンジ・サファイアをお目にかけたいと思っております。もし、こちらにおいでにならないようでしたら、おとりおきいたしておきますが」

「こっちにいるはずだ」ウルフは答えて、スージーの方を向いた。「オレンジ・サファイアはスリランカに咲く蓮《はす》の花の色に似ている。スリランカには、美しいアプリコット色の花をつける、聖なる蓮と呼ばれる種類がある。色合いから見て、その花の色がオレンジ・サファイアと同じで、僕のためにここのブルガリ氏が探してくれていたんだよ」

「この首飾りはお気に召しまして？　それとも、別のをお出しいたしましょうか」

「これは素晴らしい。これでいい」ウルフは言った。

「イヤリングもお持ちになりますか。今ウォーカー夫人がおつけになっていらっしゃるのは、この首飾りと合わせるには少し小さいかと思いますが」

専門家の目は、それが模造だということを、すぐに見抜いたにちがいないと、スージーは思った。

「これでそろった。君は髪を直してもらってくるといい」ウルフは、店員が真珠のイヤリングを出してきたのを見て、スージーに言った。「アクセサリーは僕が持っていこう。ドレスは君の階のメイドに頼んでハンガーに掛けさせておくよ。七時十分前に僕の所へ来てくれ」

スージーは、何千ドルもするのかもしれない宝石の安全に責任を負わずにすむことにほっとし、美容院に行った。

シャンプーをしてもらいながらスージーは、ウルフ・バイナーはオレンジ・サファイアをただコレクションのために買うのだろうか、それともいずれ女性たちの一人に贈る心づもりなのだろうかと考えた。が、そのようなまれな宝石を、一時的な関係の女性に贈るだろうか？

彼は未来のバイナー夫人のために、蓮の花の色のサファイアを買い集めているのかもしれない。そう思うとスージーの胸は痛くなった。

彼が誰かと婚約したら、もう彼の下で働き続けることはできない。それは彼が、いつか、秘書としてではないスージーに目をとめ、君こそ生涯の伴侶《はんりょ》となる人だと気づいてくれる……そんな夢想がついえてしまう。

夢想は夢想でしかなく、実現することはないとわかってはいても、恋する心はなんとか望みにすがろうとする。レディ・ベリンダやマダム・デュポンの存在には目をつぶることができる。が、もし彼が結婚すれば、決して手の届かない人になってしまう。

部屋に戻り、化粧台の前に座ったスージーは、念入りに化粧をした。長い髪は、いつもの、ただまっすぐなのを後ろにピンで留めているのとはまるきり違い、ウェーブとゆるいカールで波打っている。幸いマニキュアはゆうべしたところだった。注意深く、ピンク・サファイアの口紅をつけた。それは、日ごろスージーが使っているものよりなめらかな感触で、美しいつやがあった。

マジ・ノワールを、耳の後ろ、のどのつけ根、肘の窪《くぼ》み、胸のふくらみの下につけた。

フランスの香水を使うのは初めてだった。ヨークシャーの田舎の、スージーのような家の女たちは、安価なコロンか、もっと安上がりな花の匂《にお》いのタルフを使うのが普通だった。

金色のハイヒールサンダルは、踵《かかと》や脚を引き締めきれいに見せてくれた。少し歩く練習をしてから、ドレスを着るために、電話でメイドを頼んだ。

顔なじみの、メアリという中年のメイドが来た。

「まあ、今夜のドレスはなんてすてき。特別なお出かけなんですね」

「ディナーに行くのよ。でも、まだどこへ行くのか、わからないの」

「あなたがこんなにおきれいなのを見たら、彼はきっとフォーシーズンズに連れていってくれますよ。ここのお客様がよくディナーに行かれる店ですけれど。さあ、できました」

「ありがとう、メアリ」スージーはメイドのお仕着せのポケットに、チップをすべりこませた。

「ありがとうございます。いってらっしゃいませ」

スージーはイブニングコートを持っていなかったが、最近、一見シルクのように見える黒い上品なレインコートを新調したところだった。

ヨーロッパやアメリカの最高級のホテルで暮らしてみてわかったのだが、お金持の女性が皆、夜の外出といえば毛皮を着るわけではなかった。ベルベットのケープやブロケードのジャケット、晴雨兼用のコートを着ている人も結構いた。動物を殺してとる毛皮を身につけることに良心の呵責《かしゃく》を感じる人がいるだろうし、好みの問題もあるだろう。が、すごい毛皮を見せびらかすように着ている人は、若い娘にしろ、スタイルがいただけない人がとても多かった。

エレベーターでウルフ・バイナーのスイートに上がっていきながら、スージーの心臓はどきどき鳴っていた。緊張してではなく、わくわくして。こんなに胸が躍ったことは、クリスとヤング・ファーマーズ・クラブのディナーダンスに出かけた時にも、なかった。

スージーはスイートに入った。七時十一分前だった。内側のドアをノックすると、バイナーの、「入りたまえ」と言う声がした。

スージーは一年以上も前、彼に呼びつけられて、このドアの前に立った時のことをふと思い出した。その時、じぶんからすすんで不注意を詫《わ》びたおかげで、出社第一日目にすんでに首になるところをまぬがれたのだった。

今スージーはドアの取っ手に手をかけながら、やはり体の震えを感じた。

入っていくとウルフはグラスを片手に、コーヒーテーブルの上の皿のオリーブをつまもうとしていた。彼は新調の、あるいはとにかくスージーが初めて見るスーツを着ていた。

ウルフ・バイナーはツイードを英国で買い、スポーツニットはフランス、サマーカジュアルはアメリカでそろえ、スーツは大部分、大統領や映画スター、交響楽団の指揮者などを顧客としている、ローマの老舗《しにせ》であつらえていた。

彼ほど、良い服を見事に着こなす人はそうはいないと、スージーは日ごろから感心していた。

彼は体を起こし、スージーの方に顔を振り向けた。そして、広い部屋を横切り歩み寄ってくる彼女をじっと見つめていたが、その目はいつもの目とは違っていた。彼はスージーの脚から腰、ウエスト、そして胸へと、まじまじと視線を這《は》わせた。

スージーがコーヒーテーブルの側に来た時、彼の目は彼女の顔と髪に注がれていた。スージーは、ウルフ・バイナーの目の中に、熱っぽい光がよぎるのを初めて見た。

ついに今彼はスージーを、役に立つアシスタントとしてではなく、一人の女として、手に入れたくなるような女として、見てくれているのだった。

「この髪型は気に入っていただけましたか」

「とても気に入ったよ……どこもかしこも」彼はスージーの唇から胸のふくらみに目を走らせた。「飲み物は何がいい？」

「キールをいただけますか」

それはロベールが教えてくれたフランスの食前酒だった。

ウルフはグラスを置き、オリーブを食べ、それからスージーの酒をつぎに行った。グラスの中で、スパークリングワインのように泡立っているのをスージーに手渡しながら彼は、「これはシャンペンをベースにしたキール・ロワイヤルだ」と言った。

スージーはほんの少しすすった。今夜は後でまたかなりアルコールを飲むことになりそうなので、用心しなければと思った。

「首飾りをつけてあげよう」

ウルフ・バイナーは、テーブルの上のケースから首飾りを手にとり、スージーの後ろに立った。

ペンダントが胸の窪みの間をすっとすべった。真珠の感触は肌に冷たかったが、首筋にふれる彼の指は熱かった。

スージーの体に戦慄《せんりつ》が走った。彼の手が肩を抱き、そして私を振り向かせてキスを……。

が、彼は次にイヤリングのケースをとり上げると、スージーに手渡した。スージーはグラスを置いてイヤリングを一つずつとった。そして、鏡の所へ歩いていった。鏡には上部の飾りに、ジョージ・ワシントンの肖像が彫られていた。

ウルフ・バイナーは絵画だけでなく、鏡の骨とう品も収集している。今ここにあるのは最近の掘り出しもので、アメリカ建国当時のものだった。曇り、さびが浮き出しているところが、鑑定家の目には美しく、一層価値あるものに映るらしい。

スージーはイヤリングをつけながら、幾人の女が、生涯の特別な夜のために、この鏡の前に立ったろうかと思った。できることなら、スージーはウルフ・バイナーにこの姿を写真にとってほしいと頼みたかった。ブルガリのつややかな真珠の白さが肌を金色に見せている。じぶんが今夜のように見えることは、もうあるまいと思った。

電話が鳴った。ウルフが出て言った。「彼らに上がってきてくれるように言ってほしい」

スージーは鏡の前を離れた。彼の側に歩み寄ると、彼はスージーの胸の窪みに納まっているピンク・サファイアに目を注いだ。二人の目が合った。彼の目には、まださっきの熱いものが光っていた。

スージーはグラスをとり上げ、また一口すすりながら、今夜きっと彼は私を口説くつもりだと思った。そして、私はきっとそれを拒まない……。

故郷の家族やアリクス、ハンナ、スージーを知っている誰もがまさかとあきれるにちがいない場面が、透視図のように、スージーの頭の中に浮かび上がってきた。

7

ボリス・カシェフスキーは、頭のはげ上がった、でっぷりした小男で、彼の若い妻のほうが、優に頭一つ分彼より背が高かった。それは彼女が恐ろしくヒールの高い靴をはいているせいもあるのだが、そうでなくても、夫を見おろす感じにちがいないと、あいさつを交わしながらスージーは思った。が、ボリスは妻より小さいことなど気にしていないらしく、自信過剰なくらい堂々としていた。

彼は握手をしながら、スージーの宝石、ドレス、顔、髪、体と、じろじろながめた。デナ・ソーヤーの後がまの、ウルフ・バイナーの新しい愛人だと思ったのかもしれない。

男たちが液体水素燃料の話をはじめると、シャリーンはすぐスージーの方を向いてドレスをほめた。

「それは、誰のデザイン？」

「あの……ハルストンよ」

「彼の服が一番好きなの？」

「一番好きとは言えないわ」スージーは正直なところを答えた。「私はアメリカのデザイナーの、たとえば、アン・クラインとかジェフリー・ビーンズ、ベティ・ハンソンなんかが好きよ。あなたのお気に入りは？」

「イブ・サンローランかしら。このごろちょっと、バレンチノにこって、ずいぶん買っているんだけれど」

　シャリーンは片方の肩がむき出しになった、体にぴったりした黒いラメの服を着ていた。スカートには、ひざの上までスリットが入っている。小さい滝のようなダイヤモンドのイヤリングを耳にたらし、さらに両手首にもダイヤモンドをちかちか光らせていた。入ってきた時には、白いミンクのブルゾンを着ていたが、それは今、椅子の上に投げかけてあった。

　グラスの縁にべっとり口紅の跡をつけてピンク・ウォッカを飲んでいるシャリーンを見ながら、スージーは、ウルフ・バイナーが彼女のことを、ボリスのお楽しみ用の妻と評したのを思い出していた。

　なぜ彼は結婚したのだろう、情婦として囲っておくだけにしてもよかったろうに。恐らくシャリーンは肉体を投げ出す代償として、結婚を要求したのだろう。ボリスはその条件をのんでも彼女を手に入れたかったのだ。が、このカップルは、正式に結婚しているということのために、かえって下品でさえあった。二人がただ金の力だけでつながっていることは、誰が見ても一目瞭然《りょうぜん》だった。

　着るもののことをしゃべり続けるシャリーンの相

手をしながら、この人のことを意地悪な目で見すぎているかもしれないと、スージーは思った。

たぶん、おおかたの女と同じように、シャリーンももっと若い時には、純粋な愛を夢みていただろう。が、そんな夢を苦く打ち砕く何かがあったのかもしれない。

この私だって、今この瞬間、昔なら考えもつかなかったことを目論《もくろ》んでいるのだものと、スージーは思うのだった。

カシェフスキー夫妻が到着するほんの少し前、突然スージーは、ある思いに至ったのだった。両親の教えや、これまでの自分の信念に反することだとは知りながら、もしウルフが求めてきたら、それに応じてもいいと……。

彼がじぶんを愛していないなどということは、じぶんが彼を愛しているという事実の前では、小さな問題でしかない。じぶんの愛を、どうにかして表したいという欲求に駆られていた。何も表さずに終わったならば、一生後悔するだろう。

たった一夜でもウルフの腕の中で過ごせたら、それは至福だ。彼の妻になる望みはなくても、ただ彼の一時の情事の相手にすぎなくても、その情事からどんな贈り物よりも素晴らしいものが得られるかもしれないのだ。

妊娠する可能性は充分ある。それは私にとっては難儀どころか喜びなのだ。無論、そうなった場合には、誰にも明かさず秘密にしておこう。しばらくの間赤ん坊を育てながら暮らしていけるだけの蓄えはあった。外に出て働けるようになった時、また収入の良いポストにつける自信もあった。片親だけの家庭は、現在珍しくないし、幸いというか、名前にはすでにミセスがついているから、いろいろと都合がいい。アメリカに住んでいる限り、人はその子を夫の遺児だと思うだろう。愛している人との結婚が無理ならば、せめてその人の子供だけでも欲しい……。

「そろそろ出かけようか」と、ボリスが言った。

彼は一行を、東六十三丁目の〝クオ・ヴァディス〟に連れていった。そこは、昔ながらのフランス料理を出すことで知られている、古い店だった。

大理石に鏡のはめこまれた優雅でどっしりとした構えの入口から奥へと入ると、中はさらに荘重なくらいの雰囲気だった。装飾天井、赤いベルベット張りの長椅子、純白のリネンのテーブルクロスに銀器のきらめき、そして丁重な物腰の給仕たち。

席に案内されると、ボリスは料理をきめる間に、まずシャンペンを注文した。シャリーンは料理よりも、ほかにどんな客が来ているかのほうに、興味津々のようだった。

「あなたにおまかせするわね」彼女は口をすぼめて甘ったるく言い、銀色のマニキュアをした指先で、ボリスの太い毛むくじゃらな手首をなでた。

シャリーンがボリスに向ける目つきや仕草を見て、スージーはじぶんもウルフに、ふだんよりずっと親密にして構わないのだと気づいた。今夜は彼の愛人のふりをしてここにいるという口実があるわけだ。

スージーは、ウルフにほほ笑みかけた。「あなたはここにいらしたことがあるでしょう？　あなたのおすすめ料理はなあに？」

彼はスージーが表情と声の調子を変えたのにすぐ気づいて、おかしそうに目をきらりとさせて答えた。

「スイートブレッド・アン・ブリオシュがとてもうまいよ」

「スイートブレッドってなあに？」とシャリーンがきいた。

「子牛とかラムの胸腺《きょうせん》や膵臓《すいぞう》でね、とても微妙な味わいがあるんだ」ウルフは説明した。

「私、そういうもの嫌いよ」シャリーンはぞっとするというように口をとがらせた。そして、ボリスの方に顔を向けた。「私の好きなあのパテ、なんていったかしら。私、あれにするわ。ここにあればだけど」

「あるとも。パテ・ド・フォワグラだろう。君はパテは好きかね、スージー」

「ええ……フォワグラ以外でしたら」

「ほんと?」シャリーンは言った。「不思議ね。私大好きよ」

スージーは、〝フォワグラは残酷な食べ物よ。肝臓を太らせるために、がちょうののどに無理やり餌《えさ》を押しこむのを知らないの?〟と言ってやりたかったが、こらえてただ、「私はスイートブレッドにします」と答えた。

料理をきめると男たちは男同士の話をはじめ、シャリーンはスージーにどこで日光浴をして肌を焼いたのかきいた。

「私は絶対日光浴はしないわ。お肌に良くないのよ。小じわのもとになるわ。クリームをつけてても」

シャリーンはその後延々と、これまでに使ったことのあるクリームやローション、この先使おうと考えている種類のものについて講釈した。彼女は美顔術のことしか考えていないらしい。容姿がおとろえてきた時、この人はどうなるのだろうとスージーは思った。お金には何不自由ない未亡人になっていることだろうが、心は恐ろしく空虚にちがいない。

シャリーンのおしゃべりはつまらなかったが、料理が素晴らしくおいしかったので救われた。ウルフの予測どおり、シャリーンはスージーが何をしているのかということには、一切興味を示さなかった。

スージーは食事の間しばしば、ウルフを見つめてうっとりした。彼がその視線に気づくと、目をそらすどころか、熱っぽい目つきすらして見せた。

スージーはじぶんがだんだん大胆になっていくのがわかったが、アルコールに酔ったせいではなかった。シャリーンに負けないくらい始終グラスを口に運んではいたが、ごく少ししか飲まなかった。酔っているとすれば、じぶんの決意にだった。運命をこの夜に託そうとしていることに酔っているのだった。四人はレストランから、シャリーンが今一番流行《はや》っている所だと折り紙をつけたクラブにまわった。

暗くて狭い、こみ合ったダンスフロアで、五重奏団の演奏に合わせ、男女が体を寄せ合ってゆっくりすり足で踊っていた。

「私はこの手のダンスが好きさ」ボリスは言った。テーブルにつくと彼はさっそくまたシャンペンを注文し、シャリーンをフロアに促した。

「踊りたいかい？」とウルフがきいた。

スージーはうなずいた。彼に抱かれることを思って、レストランを出た時から、ひざが震えていた。

フロアの面積とその上で動いている人間の数の関係で、どうしてもぴったりと体を寄せ合う必要があった。嫌いな者同士の来る所ではなかった。スージーはウルフの肩に顔を埋《うず》めていたので、彼がどう思っているか表情を確かめられなかったが、抱き寄せられる腕や手の強さから、彼がたとえスージーの変身に驚いているにしろ、不快には感じていないことはわかった。

が、音楽の都合で、スージーはずっとウルフにしがみついてばかりもいられなかった。テンポの早い曲になると、もともと音楽に乗って体を動かすのが好きなスージーだったが、やりすぎかしらと思うくらい、肩や腰をくねらせて、ウルフの欲情を誘おうとした。スローテンポの曲に変わった時、ウルフがきつく抱き寄せた。成功したと、スージーは思った。

やがてボリスが側《そば》にやってきて言った。「私とシャリーンは引きあげるが、君らはよかったら看板までいるといい。あと三時間ほどだろうが」

「もう帰るの？」シャリーンがつまらないという顔

をした。

「なあ、おまえ、私はもう寝床に入らんと」

「僕らも帰ろうか」ウルフがスージーに言った。

スージーは答えのかわりにバッグから、クロークルームの札を出した。

ボリスは車に乗ると運転手に、まずウルフとスージーをピエールホテルに送るように言いつけた。シャリーンは、パーティがおひらきになるのがいやなのだろう、ふくれた顔をしていた。

ウルフはホテルの前から走り去る車に向かって手を振り、その手でスージーの腕をとった。彼は寝酒に誘うだろうか——スージーは急にためらいを感じた。

エレベーターに乗ると、ウルフは自分のスイートのフロアのボタンを押した。スージーは、覚悟をきめ、そんなことには気づかぬふりで、胸をどきどきさせながら、つま先に目を落としていた。

エレベーターのドアが開き、スージーは外へ踏み出した。彼は、そこが彼のスイートのロビーなのに気づき、私が驚くのを、あるいは少なくとも驚いたふりをするのを期待しているだろうかと、思った。

スージーは、よくウルフが見せる計りがたい表情を真似《まね》ながら、彼がドアの鍵を開け、ロビーと居間のあかりをつけるのを待っていた。

居間に入ると、スージーはすぐに、真珠のイヤリングをはずしはじめた。彼が、宝石類を預かるためにここに連れてきたと思っているという顔をして。

ウルフは寝酒をすすめなかった。彼は引き出しをあけると、たくさんあるテープのコレクションの中から、手早く一つを選んでプレーヤーにかけた。

ハープが奏でる、静かな美しいクラシック音楽だった。さっきまでいたナイトクラブの、ビートの利いた音楽とはまるで違う。

「首飾りをはずすのを手伝おうか」ウルフが言った。

「ええ」スージーは、彼の方に背中を向けた。

　スージーの首にふれた彼の手は熱かった。留め金ははずれたが、彼の手はそのままスージーの肩の上に止まっていた。と、唇を首筋に感じた。そのやわらかさと、ざらっとした男のあごの感触に、震えがゆっくりとスージーの背を伝いおりていった。唇は、うなじの上を、そっと動いていく。

　ウルフが急に首飾りを放した時、スージーはうっとりとした心地に浸っていた。だから、とっさによくそれを胸に受けとめられたと思う。ウルフの手が肩から腕へおりてきて、スージーの体を自分の方へまわした。

　スージーは反射的に目を閉じ、彼の唇を待った。初めてキスをするような気がした。それくらい長い間、スージーはキスをしなかった。彼のキスは、それを知っているかのように、優しかった。

　腕の中でスージーの体のぎこちなさが溶けはじめると、ウルフは腕を背にまわし、しっかりと抱き寄せた。

　スージーはウルフの唇が離れるのを感じたが、目を開かなかった。と、彼はスージーの髪の中に片手を入れ、のけぞったスージーののどに、ゆっくりと唇を這《は》わせた。

　スージーは思わず小さくうめいた。長い間忘れていた、甘美な感覚だった。耳たぶを軽くかまれると、脚の力が失《う》せていった。ウルフに抱かれていなければ、へなへなと床に沈みこんでしまいそうだ。

　ウルフの歯が耳たぶから離れた。スージーは、彼に顔をじっとのぞきこまれているのがわかった。

　運動をした後のように息を乱しながら、スージーは目を開いた。ウルフはきっと、皮肉っぽい目で笑っているだろうと思いながら……。

　が、ウルフの顔には、あざけりも笑いもなかった。ひどく真面目な顔、何か重大な決意を迫られた時のような表情をしていた。目がこわいほど燃えて、光っていた。

「こんなことをして本当にいいのか、スージー」彼は、いつもとは違う、のどに絡まるような声で言った。

「ええ」スージーはためらわずに答えた。

「君はかなりシャンペンを飲んだろう？」

「私が酔っ払っていると思うんですか？」

「いや。しかし、全くのしらふだとも言えない」

「私は今夜外出する前から、こんなふうにあなたに抱かれたいと思っていたんです。ウルフ、私は小娘じゃないわ。私はおとなの女です。じぶんのしていることは、ちゃんとわかっているわ」

「そうだろう。しかし……」

スージーはウルフの頭を引き寄せ、誘うように唇を開いた。

今度のキスは、さっきのように優しくなかった。ウルフの口はむさぼるように動き、スージーは体の奥が熱く溶けだすのを感じた。

長い長いキスだった。ウルフはやがて、名残惜しげに顔を起こすと、スージーの脚をすくいとるようにして抱き上げた。そして子供を抱くように軽々と、スージーがまだ一度も見たことのない彼の寝室へ連れていった。

肩先でドアを閉めるとウルフはスージーを床におろし、ささやいた。「少しの間、そこにじっと立っているんだよ」

スージーは、彼がじぶんを暗闇《くらやみ》の中に立たせておいて、あかりのスイッチを入れに行ったのだと思った。が、そうではなかった。しゅっとカーテンを引く音がしたかと思うと、目の前のまっ暗闇が、魔法じかけのようにマンハッタンのパノラマに変わっていた。

無数にきらめく町のあかりの上に、空はプラチナのように硬質の冷たい星をちりばめていた。

　キングサイズのベッド、夢のような夜景に向かい合って並ぶ深々とした椅子のアウトライン、そしてじぶんの側に立っているウルフのシルエットを、スージーは見分けることができた。

　スージーは引き寄せられるままに、彼の肩に顔を埋めた。ウルフの手が赤いドレスのジッパーを探り、ゆっくりとおろしていった。肩が露《あらわ》になり、袖が腕をすべり、そして小さなきぬずれの音がして、ドレスは床に落ちた。

　明るい光の中であったならば、裸は恥ずかしかったかもしれない。が、淡い月あかりの中だった。スージーは一瞬、シャリーンの豊満な体をうらやんだ。彼はがっかりしたかしら。私の胸が小さすぎるのに失望したかしら……。

　ウルフはベッドの上掛けを一気に剝《は》いで腰をおろし、スージーをひざの上に引き寄せた。そして、愛《あい》撫《ぶ》の手をウエストからもっとやわらかな方へすべらせた。

　スージーは腕を伸ばし、首飾りをナイトテーブルの上に落としたが、次の瞬間、我を忘れてウルフの肩に激しく指をくいこませていた。

「ネクタイをとってくれ」ウルフが、かすれた声で言った。

　スージーはわなわなする指でネクタイの結び目を解き、シャツのボタンをはずした。うっとりするようなキスの後、ウルフはスージーの体を枕《まくら》の上に倒した。

　やがてウルフは、スージーのストッキングとビキニショーツをとってしまっていた。彼は金色のサンダルを脱がせると床に落とした。

　彼の熱い手は、スージーの足の甲からふくらはぎへ、そしてひざの後ろの感じやすい所を探り、ゆっくりと、もっと上の方へすべっていった。スージーの息が乱れた。

「僕は服を着すぎている」ウルフはベッドから体を起こし、目はスージーから離さずに、すばやく着ているものを脱ぎ捨てた。

「向こうへ寄って」裸の、広くたくましい肩の線を窓の月あかりに浮かび上がらせて、彼は言った。

スージーはベッドのまん中に体をずらした。彼はしなやかな動きでかたわらに横たわると、スージーを強く、けれど優しく腕の中に抱き寄せた。

スージーは彼の首に腕をまきつけながら、こうして彼とベッドで体を接していることが、本当に起こっていることとは思えず、まだ夢の中のようだった。

やがて彼は、スージーをエクスタシーのまっただ中に誘《いざな》い、じぶんの欲情を解き放った。

スージーはその一瞬、小さないたみを感じたが、たちまち、激しい喜びの戦慄《せんりつ》につつみこまれた。

息遣いがしだいに静まり、完璧《かんぺき》な安らぎが訪れた後も、二人は長い間動かずにいた。

キスしたければ、彼の肩はスージーのすぐ側にあった。が、スージーはじっとしていた。ウルフがそうして一緒にいてくれることが嬉《うれ》しかった。すべてが済んだ後、さっさと体を離されるのはいやだ。

腕の中で彼が眠りこむと、彼の体の重みは苦しかったが、それは構わなかった。

じぶんのしたことに後悔はなかった。たとえ明日何が起こっても、今夜のことは、一生の素晴らしい思い出になるはずだ。ウルフは巧みで思いやりのある愛人だろう。それは彼のキス、彼の愛撫の一つ一つでわかる。

いつか、その時がきたら、彼からいさぎよく去る強さがじぶんにあるだろうか……そんなことを思いやっているうちに、ウルフが目を覚ました。

ウルフはスージーを下に敷いていることにはっと気づき、すばやく体を持ち上げた。

「すまなかった。起こしてくれればよかったのに」

彼は軽いキスを、スージーの額と頬に浴びせた。

スージーはウルフをきつく抱き締め、心の中で密《ひそ》かに、〝愛しているわ〟とささやいた。

ウルフはすぐにスージーから体を離した。そして寝返りを打って窓の方に顔を向けると、スージーの背をじぶんの胸に引き寄せ、心地よく腕の中につつみこんだ。

ウルフの手は少しの間、スージーの胸をそっとなでていた。が、また眠りに落ちたのだろう、その指はすぐに動きを止めた。彼は私を彼の複数の女の中の一人と思っているだろうか……スージーは、うつらうつらした頭の中で思った。

8

目覚めると、ウルフは側《そば》にいなかった。とても大きなベッドの上に、スージーは一人だった。

ゆうべウルフが与えてくれた喜びの数々を思い出し、スージーは満ち足りたため息をついた。

それは、これまで生きてきた中で、一番素晴らしい体験だった。ずっと待っていた甲斐《かい》があった。じぶんが新しい人間に生まれ変わったような気がする。あの至福の感覚が、細胞まで変えてしまったのか、心も体も輝かしいほど生き生きしていた。頭のてっぺんからつま先まで、幸福でいっぱいだ。

スージーは枕《まくら》を重ねた上に体を起こし、シーツを上に引き上げた。

ウルフはバスルームだろう。戻ってきたら、もう一度愛の行為を求めるかしら。そうだったら、嬉《うれ》しい。きょうは日曜日だし、一日中ベッドの中で過ごすことだってできる。

　ウルフがバスルームから出てきた。白いタオルのローブを着て、裸足《はだし》で、髪は濡《ぬ》れていた。

「おはよう」と彼は言ったが、微笑していなかった。ウルフがどんな気持でいるのか、スージーにはわからなかった。

「おはようございます」スージーは明るい笑顔を向けた。彼への感謝、感じているままのものを、かくす必要があるだろうか。

　ウルフはベッドの脚の方へ腰をおろし、じっとスージーを見た。「気分はどう？」

「素晴らしいわ」

「頭痛はしていない？」

「頭痛ですって。なぜ？」

「君はゆうべかなり飲んだからね」

「そうかしら。みんなと同じぐらいしか飲まなかったわ」

「だとしても、君は飲みなれていないから、判断力が低下していたはずだ。が、僕の頭ははっきりしていた。だから、じぶんのしたことに対して弁解はできない」ウルフは顔を曇らした。「僕は君が欲しかった。だから君と愛し合った」

　スージーはウルフの反応に困惑した。彼がゆうべのことを後悔しているとは、思ってもみなかった。

「ウルフ、そんな顔はよして！　私が少しも悔やんでなどいないのに、なぜあなたが？」

「君は後悔していないというのかい？」

「ええ、少しも。素晴らしいできごとだったわ。それより、おはようのキスをしてくださらないの？」

スージーは腕を差し伸べた。

　シーツが落ち、スージーの胸が露《あらわ》になった。ウルフの目がそこに吸い寄せられると、一瞬後、スージーは彼の腕の中にいた。

「しかし、いずれ後悔することになるかもしれない。君も僕も。仕事とこういうことが一緒にうまくいく試しがない」ウルフはスージーにキスした。

そのキスはひんやりとしてすがすがしかった。

「五分ほどバスルームを使わせてくださらない？　スペアの歯ブラシはあるかしら」

「右手のキャビネットの中にある」スージーはウルフの腕を解き、するりとベッドからおりた。半分部屋を横切った時、「なんてことだ！」と、ウルフが吐き出すような声をあげた。

スージーは振り返った。

ウルフはベッドのまん中に目を落としていた。

「シーツに！」彼はひどく気づかわしげにスージーを見つめた。「どうしてそう言わなかった？」

スージーはろうばいした。あんな微《かす》かないたみだけだったのに、純白のシーツがすぐそれとわかるしるしをつけていた。「どうしましょう！　メイドがどう思うか……」

「メイドがどう思おうとそんなことはどうでもいい。君のことが心配だ。医者にみてもらうべきだな。出血するのはおかしい」ウルフは立ち上がり、スージーの所に歩み寄ると抱き寄せた。「悪かった。しかし、なぜ、僕を止めてくれなかったんだ」

スージーはその胸に顔を埋《うず》めた。こんなことが起こるなんて……処女のしるしなどというのは、女が性について何も知らされずに育ったビクトリア時代のお話だと思っていた。無理やり手荒くあつかわれた時に起こるものだと思っていた。

「やめてほしくなかったわ。とても素晴らしかったんですもの。本当よ」スージーはローブの前を開き、ウルフの固い日焼けした胸に、そっとキスした。

「でもシーツのことは困ったわ、どうしましょう。

メイドがどんなうわさを立てるかしれないわ」

「なんとでも好きに言わせておけばいいさ。気にするな。歯をみがいてきたまえ。その間にコーヒーをいれておくよ」

「何か着るものをお借りできて？ ドレッシングガウンでも」

ウルフは戸棚から、日本の航空会社のおみやげだろうか、木綿の法被《はっぴ》をとり出した。

「このほうが君に大きさが合うだろう」

バスルームは、スージーの寝室と同じぐらい広々としており、黒大理石の深いバスタブと洗面台、シャワーがあった。タオル掛けから一枚タオルがはずされ、洗濯物入れの中に入っているほかは、バスルームには使用された形跡が見当たらない。ウルフが、ライフスタイルはぜい沢だが、きちんとした暮らし方をしていることがうかがえた。

スージーが寝室に戻ると、ウルフは窓辺でコーヒーを飲んでいた。

「朝食を注文しようかと思ったが、別々のほうが賢明じゃないかと考え直した」彼は、スージーのためにコーヒーをつぎながら言った。「君は十中八九、誰にも見られずにじぶんの部屋に戻れるはずだ。ここでそんな格好で朝食をとれば、僕らが一緒に夜を過ごしたことを宣伝するも同然だからね。君がつまらないうわさにまきこまれないように、充分気をつけないと」

スージーは彼がいれた、香りの高いコーヒーを飲んだ。「それにあなたは、日曜日でも朝食の前にいつも走るのでしょう？」

「いや、いつもじゃない。無論きょうも走らないよ。食事が済みしだい、君を婦人科医に連れていく。手当をしてもらう必要があるだろう」

「そんな必要は少しもないわ、本当にないの。どうぞ、心配なさらないで。それに、お医者様もお休みだわ」

「前に、ハンナがみてもらったことのある良い医者がいる。彼なら、事情を話せば診察してくれるさ」

「だめ！　つまり……彼がどう思うか……」

「君はじぶんの体のことよりも、人の思わくを気にするのかい？」

「私、本当にどこもなんともないんです。お願い、この話はもうやめましょう」

ウルフはスージーをじっと見つめて、言った。

「君にもわかっているはずだ。あんなことは普通では起こらない。君は原因を知るのがこわいんだ。が、それは馬鹿だぞ、スージー。早期に発見して治療すればなんでもない。一つききたいんだが、こういうことはあり得るかな――ご主人が亡くなってから今まで誰ともこんなふうにならなかったのかい？」

「誰とも……一度も……」スージーは、ウルフの視線を避けて答えた。

「何年になる？　四年？」

スージーはうなずいた。

「それならば、ああいうことも起こり得るかもしれない。僕はもっと優しくすべきだった」

「あなたは優しかったわ」

「いや、四年も尼さんのように暮らしてきたのなら、もっともっと気をつけるべきだった。が、今時珍しいね、そんなに長い間、特に君みたいな人が。君を初めて見た時、君の全体の感じとその唇がどうもちぐはぐだと思ったんだ」

ウルフはテーブル越しに手を伸ばし、人さし指でスージーの唇にふれた。彼の目に、初めてちらりと微笑が浮かんだ。

「たった一晩限りというんじゃなく、また愛し合いたいだろう？」

ウルフの指の下で、スージーの唇は震えた。「ええ」と、小さく答えた。

「それならば、文句を言うな。恥ずかしがることは少しもないさ。医者は、ニューヨークの好色な女性たちのざんげをさんざ……」ウルフは突然言葉を切り、眉を寄せた。「君は四年もずっとセックスをしなかった。ということは、君はピルを飲んでいないんだな？」

「ええ」

彼はうめくような声をあげて椅子に背を沈めると、指先でまぶたを押さえた。

彼がひどく腹を立てていることが、スージーにはわかった。まさかそんな質問をされるとは夢にも思っていなかったので、スージーは驚き、嘘《うそ》をつく機転もきかなかったのだった。

ウルフはスージーを見、そんな無責任なことをするとは信じられないというように頭を振った。

「どうして……なぜ言わなかったんだ」

「私……」

こんなはずではなかった。昨夜の考えでは、すべて、うまくゆくはずだったのに……。

ウルフは立ってベッドの所へ行き、その端に腰をおろすと、キャビネットから電話帳をとり出した。そして、番号を調べながら言った。「二十歳を過ぎた賢い女はうっかり妊娠などしないというのは、当てにならない話らしいな」

その皮肉に、スージーはぐさりと胸をえぐられた。あなたの子供が欲しかったからと言ったら、彼は一体なんと言うだろう。

「あるいは今度はラッキーだったかもしれないが、そんな運は当てにできない」ウルフは電話機をとった。

スージーは、何もかもを白状しなければならないと覚悟した。

「待って……お願い、ちょっと待って」

「君がいやだと言っても……」

「いいえ、そうじゃないわ」スージーは急いて遮った。「お医者様には行きますわ。でも……さっき……さっきあなたは、私が最後にセックスをしてからどのくらいになるかって尋ねたわね。私……私、一度も経験したことがないんです。私、ゆうべまでバージンでした……」

スージーは、その時初めて、ウルフがろうばいするのを見た。彼はしばらくの間じっとスージーを見つめていたが、やがて受話器を元に戻した。

「君は結婚していたんだろう？」

「ええ、一年半」

スージーはうなだれて左手の結婚指輪をねじった。クリスがそれをそこにはめてくれた日のことが、まぶたに浮かんだ。

ウルフはベッドから立ち上がり、椅子の方へ戻ってきた。

「話してくれないか、すべてを」

スージーは顔を起こし、部屋の向こうのランプに視線を据えて話しはじめた。「私たちはスコットランドへ新婚旅行に行くことになっていました。朝の十一時に式を挙げ、三時にドライバラ・アベイに向かいました。エジンバラの南六十キロの所にある町です」スージーは言葉を切った。口の中が急にからからに干上がってしまった。「でも、そこには結局着きませんでした。私たちはその晩ニューカッスルの病院に運ばれたからです。徐行車線を走っていた車の一台がパンクを起こし、高速車線に突っこんだんです。突っこんだ車線に車がなければ、あんな大事故にはならなかったはずですが、四人死に、七人が重傷を負いました。その中にクリスも……私の夫も……」

ウルフは何も言わず、スージーが続けるのを待っていた。

「私は奇跡的にごく軽いけがで、一週間も入院せずにすみました。けれどクリスはひん死の重傷を負ってなんとか一命はとりとめましたが……」スージーの唇は震えた。「でも後になって私は……むしろ、彼がいっそ死んでしまっていたほうがと……」

スージーは涙に光る目をウルフに向けた。

「かわいそうなクリス……彼は両脚を失ったんです。それだけではなく、ほかにも恐ろしいことが……」

スージーはそれ以上じぶんを崩すまいと、こぼれた涙を手の甲で払った。が、思い出すまいと抑えつけてきたつらい思い出がどっと蘇《よみがえ》り、スージーはこらえきれずにいつか、声を殺して泣いていた。

気がつくと、スージーはウルフのひざに抱かれていた。彼の広い胸に顔を埋めて、まるで、また子供に返ったようだった。優しい父の腕の中にすっぽりつつまれているようだった。

やがて、スージーの悲嘆がしだいに静まってくると、ウルフはローブのポケットから、大きなリネンのハンカチをとり出した。スージーは顔を拭《ふ》き、鼻をかんだ。

「ごめんなさい」スージーは、かすれた声で言った。

しばらくして、ウルフが静かに言った。「今は、婚約すればたいていセックスまでいくのが普通だろう。どうして？」

「そうね。クリスもそれを望んだわ。でも、私は拒んだんです。後になって、私はそのことを悔やんだわ。悔やんでも悔やみきれないくらいに」

「なぜ君は拒んだんだ？」

「たぶん、まだ子供だったのでしょうね。内気だったし。それに、結婚そのものより、婚礼の支度のほうにずっと心を奪われていたわ。クリスの両親が新居として用意してくださったコテージの飾りつけなどに。結婚した後で……やっとそういうことに目覚めて、気づいたんです。失ってしまったものがなんだったのか」ウルフが何も言わないので、スージーは続けた。「ですからゆうべ、逃げ出すこともできたでしょうが、そうしませんでした。ずっと前に、私、心に誓ったんです。もし今度誰かが私を求めたら、そして私もその人を求めていたら……」

「本当に僕を求めたのかな。単に、処女を捨てたかったんじゃないのかい？」

ウルフの皮肉な口調にスージーは傷ついた。スージーは彼のひざからおり、じぶんの椅子に戻ると、冷ややかに言った。「そんな悩みなら、世の中には喜んで解決を手伝ってくれる男は大勢いますわ。私は初めての体験を、尊敬できる人としたかったんです」

ウルフは立ち上がると、両手のこぶしをローブのポケットに深く突っこみ、部屋の中を歩きまわりはじめた。

「君が処女だとわかっていたら、絶対に君には手をふれなかったよ」ウルフは腹立たしげに言った。

「なぜ？　どんな違いがあるというのかしら」

「もうずっと昔から、自立した、理性のある、おとなの女以外とは関《かか》わるまいときめていた。若い娘がいくら魅力的でも、決して手を出さないと」

「私はおとなの女性です」

「年齢はそうでも、未経験だ――とにかく、僕が誘惑するまでは何も知らなかったわけだ」

「まあ！　あなたが私を誘惑したなんて、おかしいわ。だって、ゆうべずっと私は意思表示をしていたんですもの――私……そう望んでいたの。そして望みがかなったんだわ。ですから、後悔などしていないんです。あなたはとても素晴らしかったわ。もし……もし、何かが起こったら、私はじぶんで責任をとります。あなたを責めたり、助けを求めたりはしません。じぶんでなんとかします」

「じぶんで責任をとるって？」ウルフは吐き出すように言った。「君は、そういうことを一人で切り抜けられるタイプじゃない。精神的に深い傷を負うだろう。それに、僕はこそこそ処理されるのは好まない。もし君が妊娠したら、二人でどうするかきめることにしよう——さあ、君は熱いシャワーを浴びてきたまえ。その間に僕は君の部屋に行ってこよう。どんな服を持ってきたらいいのかな」

スージーは懸命に気をとり直し、着るもののあり場所をウルフに話した。「ドレスが入っていた箱がベッドの上にあります。その中に服を入れてきていただけますか」

お湯の中に体を伸ばしながら、スージーの気持は沈んでいた。

ドアにノックがして、「入ってもいいかい？」と、ウルフの声がした。

「どうぞ」スージーは答えた。

ウルフは入ってくるとドレスの箱をドレッシングカウンターの椅子の上に置き、スージーを見た。

「君は部屋をじつにきちんとしているね。何もかもが納まるべき所に納まっていた」彼はふっくらと厚いバスタオルをとって広げた。「出ておいで」

スージーはお湯の中から立ち上がると、濡れた体でマットの上に上がった。ウルフは、スージーをタオルでくるんだ。

ウルフの手が、タオルの上からスージーの体の上を、初めは拭くように、やがて愛撫《あいぶ》となって、ゆっくりと動いていった。スージーはたちまち、その手をじかに肌に感じたいと渇望した。

彼はスージーが反応を示すのを、観察しようとしているようだった。それを知ってスージーは何も外に表すまいとしたが、じきにひざがわなわなと、力を失っていった。肺が、もっと空気をもっと空気をと要求しているようだった。いつしかスージーは唇を開き、あえぐような息をしていた。

「お願い、やめて……」

「やめろ？」ウルフはからかうように眉を上げた。が、彼のそんな平静さは見せかけだけだった。次の瞬間、あっという間に、スージーの口は彼のキスで塞《ふさ》がれた。

彼は、スージーの髪をつつんでいるタオルをむしりとった。バスタオルが、肩から足の方へずり落ちていった。

うっとりとしてウルフにしがみつきながら、スージーは、嬉しかった。ついさっき、彼が腹を立てていたのが嘘のようだ。とにかく今、彼は怒っていない。

ウルフはスージーを、バスルームの厚いクリーム色のカーペットの上で抱いた。お湯から上がったばかりのスージーの肌は一層敏感になっているようだった。彼の手や唇の動き一つ一つに、スージーは身もだえした。

終わると、ウルフはすぐに体を離した。まだ息の整わないスージーを床に残して立ち上がり、シャワー室に入っていった。

スージーは身動きするのがものうく、少しの間じっとそのまま、シャワーの水音を聞いていた。

こんな私を知ったら、皆はどう思うだろう。父や母や姉たち、それにハンナやアリクスは？　びっくりするだろうか？　私の頭がおかしくなったと思うだろうか？　たぶん……でも、私は正気だ。こんなにじぶんを生き生きと、そしてじぶんらしく感じたのは初めてだ。

スージーはゆっくり体を起こし、火照って汗ばんだ体を、もう一度お湯の中に沈めた。その時になってふっと、スージーはどういうことなのだろうと、わけがわからない気持になった。ウルフは私の行為を無責任だとなじったのに、そのすぐ後で、自分からまたその無謀な行為に誘ったのだ……。

ウルフはなかなかシャワー室から出てこなかった。

ガラスに彼の体の形が映っている。湯に打たれながら、彼が何を考えているのか、スージーは知りたかった。

スージーが体を拭いていると、ウルフが腰にタオルをまきつけて出てきた。スージーは微笑した。

「朝食は何がいい？」

スージーは、前にそう彼に尋ねられた時のことを思い出した。あの時は初対面で緊張し、まっ先に頭に浮かんだものを頼んだ。

「プルーンにヨーグルト、トマトを添えたベーコンとレバー、トーストにはちみつと紅茶をお願いします」

ウルフはうなずいた。彼はスージーの下着姿をながめた。彼に持ってきてもらったのは、白いサテンとレースのブラジャーとパンティ、黒いプリーツスカートと白黒のヘリンボンの上に合わせて、黒いストッキングだった。

スージーはハンナのアドバイスに従い、安い下着をたくさん買いこむのはやめ、数は少なくても、フランス製のごく上等のものをそろえていた。今、ウルフの目を意識しながら、そうしておいて本当によかったと、つくづく思った。

朝食のテーブルにつく前に、スージーは少しの間オフィスで仕事の真似《まね》ごとをした。そうすればウエイターは、スージーが朝早くから働いていたと思うだろう。ホテルの従業員は、ウルフの特異な習慣をよく知っているから、スージーが日曜日に仕事をしていても意外には思わない。

ウエイターが出ていってから、スージーはウルフの部屋に行き、食卓についた。ウルフは食事をはじめずに待っていてくれた。

「なかなかやるね」と彼は言った。「僕らが一緒にいたことを知られるのが心配なのかい？」

「なるべく知られたくありませんわ」スージーは正

直に言った。「私自身のためというより、むしろ、父や母のためにですわ。きっとショックを受けるでしょうから。昔かたぎな考え方の人たちなんです」

「だとすると、僕らの関係を正常なものにしなくてはいけないな」

スージーはどきりとし、ナプキンを広げていた手を止めた。「それはどういうことですか？」

電話が鳴りだした。ウルフは、「僕がとる」と立ち上がった。彼は、テーブルを離れて歩き出しながら振り返り、肩越しに言った。「結婚すべきじゃないかってことさ」

9

聞き違いだわ、きっと——スージーは信じられず、電話で話しているウルフを見つめていた。

ウルフは受話器を置き、テーブルに戻ってきた。

「どう……君の意見は？」

「冗談を言ってらっしゃるんでしょう？」

「僕は、じぶんの子供の友達におじいさんと間違われるのはいやだな。君も子供が欲しいなら、三十前に産んだほうがいい」

彼は本気なんだわ……スージーは驚いてしまった。

「でも、なぜ私に？　なぜ？」スージーはそこまでしか言わなかった。彼には、その質問の意図がわかるはずだ。

「僕らは馬が合うからさ。毎日顔を合わせて仕事をしてきて、うまくいっているという実績がある」

「ハンナともうまくいっていたでしょう？」

「確かに。が、彼女には女として僕はひかれなかった」

「私も同じだったと思います――ゆうべまでは」

「そう、そうだな。昨夜僕は、めったにないことだが、じぶんの良識判断をなくしてしまった」ウルフは微笑した。「時々、それも必要ってことらしい」

スージーは少しためらってから言った。「仕事についた最初の日、あなたを怒らせてしまったことがありましたね。私生活について余計なことを言って……でも、私、おききしなくてはなりません。あなたは腹を立てるかもしれませんけれど」

「今は事情が違う。なんでもきいてくれ」

「なぜ、レディ・ベリンダやマダム・デュポンに求婚なさらなかったんですか？」

ウルフは即座に答えた。「彼女たちとの関係は、例えて言えば、キャビアのようなものさ。キャビアは、たまに食うからうまいのさ。結婚の相手は、毎日食べても飽きないパンやチーズのような女性でなくちゃいけない」

「でも、だからといって、この先ずっとキャビアを欲しくならないと確信はできないでしょう？」

「それは妻しだいじゃないか。家で満たされれば、男は、めったに外に楽しみを求めになど行かないものさ」

少し沈黙が続いた後で、スージーは言った。「愛は、関係ないのかしら？」

「愛というのは結婚の到達点であって、出発点じゃないと僕は思っている。おおかたの若い人間が一緒に暮らしはじめるもとは性欲さ。互いが好きかどうかさえはじめはわからない。二十年ぐらい共に生活して、なおセックスも会話もうまくいっている夫婦が、初めて愛し合っているといえるんじゃないかな」

「あなたはとても現実的なのね」

「今さら驚かないだろう？　僕がどんな人間かは一緒にやってきてわかっているはずだ。〝英雄も私生活ではただの人〟というわけだ」

　が、恋する女には、恋人は神話の雄々しい神のように見えるものよ――スージーは心の中でつぶやいた。

「僕は常々、もしいい相手が見つかり結婚したら、家族をたくさん持ちたいと思っていた。が、今まで、これぞという女性が僕の前に現れてくれなかった。君も子供は欲しいだろう？」

「ええ……ええ、とても。あなたの、そのたくさんというのは、何人くらい？」

「少なくとも四人。できればもっと」

「もし私と結婚なさって、一人も子供ができなかったら、どうなさる？」

「まずそんなことはなかろうが、そうなったら、その時に考えるしかないだろう」

　私が後継ぎを産めなかった時には、離婚して別の相手を見つけるというのが、ウルフの本音ではないだろうか――スージーはそう考えると、ぞっとした。

　彼の妻になる――それはスージーがしばしば夢に描いたことだった。決して実現するはずのない夢物語だと思っていた。今その夢を本当につかまえることができる……けれどスージーはためらっていた。ためらう理由はわかっていた。空想の中では、ウルフはスージーに恋をしていた。こんな散文的なプロポーズをされるはずではなかった。

「考えさせてください。重要な問題ですもの。あなたのようにすぐ心をきめることはできませんわ」

「もっともだ。が、僕はきめたことはすみやかに実行に移したい性分でね。今夜までに考えておいてくれ」

「今夜！」スージーはびっくりした。「性急すぎますわ。せめて一日二日は」

「ぐずぐず考えてもかえって迷いが出るだけさ」

二週間後、スージーの結婚指輪は新しい指輪に変わり、彼女はパンナムのミュンヘン行きノンストップ便の機上の人となっていた。ハネムーンの旅なのだが、ウルフは最終目的地をスージーに打ちあけてくれなかった。

ドイツに着いたのは夜だった。ロールスロイスが空港に迎えに来ていた。

「もうしばらくの旅だ。約一時間かな」

彼が以前そこへ行った時には、たぶん、スキーに行ったのだろうが、誰と一緒だったのだろう。友達何人かと——あるいは誰か女の人と？　スージーはふとそんなことを考えてしまった。ほかの女性と泊まった所へ妻を連れて行くだろうか？

彼の妻。スージーは彼の指輪をし、すでに何度もバイナー夫人と呼ばれてはいたが、彼と夫婦になった実感は、まだ少しもわいてこなかった。その朝の式は、初めての時の祝福につつまれた結婚式に比べると、ごくあっさりしたものだった。

スージーは旅行着に、生成りの色の、左肩に小さいボタンが並んだセーターと、おそろいのスカートを着ていた。気候が温かくなっていたので、コートは必要なかった。が、空港への途中で、ウルフは、ヨーロッパでは必要だろうからと、毛皮を用意してくれた。カナディアン・リンクスのとてもシックなデザインのジャケットだった。高価なプレゼントは、それが二度目だった。彼は、ブルガリの店の首飾りとイヤリングもプレゼントしてくれたのだった。

車はミュンヘン市内には入らず、郊外を走っていた。月のない夜で、窓の外は何も見えない。

スージーは、ウルフが肩を抱いてくれたら、せめて手ぐらい握ってくれたら、と思わずにはいられなかった。ウルフの態度は、雇い主と秘書という立場で、旅行をした時とほとんど変わらず、ロマンティックな雰囲気は少しもなかった。

じつのところ、あのプロポーズの朝以来、二人は愛し合っていなかった。スージーは以前と同じようにじぶんの部屋で一人で眠った。彼はその日のうちにスージーの返事を求めたが、返事を聞くと、一週間以内なら撤回を認めると言った。週末スージーは変更する気はないことを告げ、ウルフがすぐにもベッドに誘うだろうと期待したのだが、彼は、結婚するまで今までどおりの立場を守っていたほうがいいと思うと言うのだった。

スージーはウルフのそっけなさに戸惑い、不安に心をかき乱された。結婚の日が近づいても、ウルフは頬や手にはキスをしてくれるものの、めったに唇を合わせようとはしなかった。

道路標識がちらりと目をかすめ、スージーはウルフを振り返った。「行き先はザルツブルク？」

「いや。だが、行くつもりではいるよ」

「今思い出したのだけれど、ミュンヘンはオーストリア国境に近いのね。私、ザルツブルクへ一度は行ってみたいと思っていたの。あなたは音楽フェスティバルの時に来たことがあって？」

七月末から八月、ザルツブルクは全世界の音楽ファンのメッカになる。

「うん、二度。来年、もし君が来たいのなら一緒に来よう。が、フェスティバルの時でなくても、ザルツブルクには見るべきものがたくさんある。僕らがこれから泊まるのは、ザルツカンマーグートという、オーストリアの湖沼地帯だが、今はそれだけしか教えないでおこう」

ウルフが優しく手を握ってくれたので、スージーは幸せな気持になった。スージーは大きく強い彼の手を握り返すと、衝動的にその手の甲に唇を押しつけた。

ミュンヘン到着から二時間もたたずに、スージーは、ホテルの居間の、丸太の木の炎がゆらめく側《そば》に座り、シャンペンを飲んでいた。ウルフが、シャワーを浴びに行く前についでくれたのだった。

スージーはもうシャワーはすましていた。シェルピンクのサテンのナイトドレスと、その上にローズ色のベルベットの長いローブを着ていた。

ヨークシャーの家族は、きっとびっくりすることだろう——スージーは思った。ウルフと結婚する旨を知らせる手紙は、明日かあさって向こうに着くはずだ。長距離電話より、手紙で言葉を選んで慎重にニュースを知らせるほうが、スージーには気持が楽だった。ウルフのことは、これまで手紙にもほとんど書いたことがなかったし、家族の仰天ぶりが目に見えるようだ。

そうは思うものの、今のスージーには、家族がどう思おうと本当はどうでもよかった。ウルフただ一人が大事なのだった。スージーの心はウルフのものだった。

スージーはため息をついた。ウルフは私に心はくれなかった。彼がくれたのは、ぜい沢な生活と愛の技巧と彼の子供を産むチャンスだけ。むろん、それだけでも、彼に抱かれようとした夜に、心密《ひそ》かに望んでいたものよりずっとずっと多い。彼の妻になれたということだけでも喜ばなくては。望みが何もかもかなうことなどあり得ないのだ。私のかわりになりたいと願う女性はたくさんいるだろう。

シャンペンをもう一口するとスージーは、どっしりした絹のカーテンや、時代ものの立派な調度、絵や花で飾られた美しい室内をながめた。

「ここはホテルというより、誰かのお屋敷のようね」スージーは、焦げ茶色の絹のローブ姿で寝室から出てきた夫に言った。

「昔は城だったのさ。フシュル城——十五、六世紀にさかのぼる歴史があるんだよ」

ウルフはじぶんのためにシャンペンをつぎ、羽毛クッションのソファにスージーと並んで腰をおろすと、日焼けした長い脚を伸ばした。するとローブの下にパジャマを着ていないのがわかった。

「僕らのために」ウルフはグラスを上げた。

「私たちのために」

二人は見つめ合いながらシャンペンを飲んだ。

「こうして二人で夜を過ごすのは久しぶりだね」

「ええ……」

「ローブを脱いでごらん。寒くはないだろう」

スージーは少しためらってから、グラスを置いて立ち上がった。そして、サテンで縁どられたローブの帯を解き、やわらかなベルベットをするりと肩から脱ぐと、肘かけ椅子にそっと投げかけた。

サテンのナイトドレスになったスージーは、白い毛皮の敷物の上に立ち、ウルフの視線に向かい合った。彼の目になぞられただけで、胸がどきどきと高鳴ってくる。

彼はグラスを干しながら、テーブルの上のあかりを消した。立ち上がると、部屋中のあかりを消していく。暖炉のゆらめく炎のあかりだけになった。

「そのナイトドレスはとてもいい。しかし、火災警報でも鳴らない限り、いらないだろうな。僕は寝る時いつも裸だ。だから、これからは君も」

ウルフはローブのポケットに両手を入れ、少し離れて立った。私がナイトドンスを脱ぐのを待っているのだと、スージーは思った。

ゆっくりと、ストラップを片方ずつ肩からはずした。それは足元に、丸まって落ちた。スージーはそれを拾い、ローブの上に掛けた。

ウルフはすでにローブを脱ぎ捨てていた。長身のたくましい体が、暖炉の火にブロンズ色に浮かび上がっている。炎のいたずらだろうか、ウルフの目は、文明人の仮面をむしり去ったように、獣めいたたけだけしい光を帯びていた。

スージーは、えじきとなる小動物のように体がすくむのを感じた。

ウルフが歩み寄ってきた。スージーは思わず後ずさりしたくなったが、息を詰め、じっと立っていた。彼はスージーの両手をとると、それを持ち上げ、じぶんの首のまわりにまわした。そして、スージーの腰を、そっと引き寄せた。

「寒くはないね」

スージーは首を振った。彼の腕の優しさに、恐怖感は消え去った。ウルフに体を寄せて顔を上げ、背筋に動く彼の指の愛撫《あいぶ》を真似《まね》て、彼の首の後ろにそっと指をすべらせた。

初め軽く合わさった唇は、しだいに熱烈なキスに変わっていった。キスと愛撫がスージーの体を、かりたてるようにどんどん熱く敏感にしていった。

ウルフは、欲情でぐったりと重くなったスージーの体を抱き上げた。

ウルフの肩に頭を預け、目を閉じて、スージーは寝室に運ばれてゆくのを、くらくらした頭で感じていた。ベッドの上におろされる。のりのきいたリネンのシーツが背にひんやりと冷たかったが、不快ではなかった。スージーは両腕をウルフに向けて開きながら、ゆったりと体を伸ばした。

ウルフの手が踵《かかと》を持ち上げた。と、足の裏に唇が押しつけられた。スージーはそのぞくぞくする刺激に、はっと息をのんだ。初めての夜、手が愛撫した場所を、今は唇が探り這《は》いのぼってくる。スージーはシーツに爪を立てた。

ウルフの熱い唇と手は、スージーの体の隅々まで求めた。幾時間も過ぎてゆくように思えるほどの長い愛撫に、スージーは身もだえ、あえぎ、震えた。数えきれないくらいの幾度ものエクスタシー……。

それはニューヨークの浴室での行為よりも、もっと激しく強烈だった。

やがて、スージーは、ウルフの腕の中で眠りに落ちた。

ドイツ語の低い会話、男の声――スージーは目を覚ました。ウルフは誰と話をしているのだろう？

陶器と金属のふれ合う、かちかちという音がした。ああ、ウエイターがルームサービスで食事を運んできたのだと、スージーは気づいた。でも、もう朝なのかしら。それにしてはカーテンのすきまから、一筋の光も射しこんでいないのはなぜだろう。それに、細く開いた居間との境のドアの向こうから入ってくる光も太陽の日ざしではなく、電気のあかりだ。

スージーはそっとベッドをおり、バスルームへ行って、そこに置いておいた腕時計を見た。まだ真夜中を十五分過ぎた時間だった。ウルフは目を覚まして空腹を感じ、食べ物を注文したのだろう。

スージーはまずシャワーを浴びたかった。髪をキャップの中にたくしこむと、三、四分、勢いよいお湯の流れに体を打たせた。

バスタオルを体にまきつけ、ウエイターがいないことを確かめてから居間に入っていくと、ウルフは火の側でサンドイッチを頬ばっていた。

「眠った後の気分はどうだい、大丈夫？」ウルフがきいた。

スージーは、まだ眠る時間ではないのに、ぐっすり眠りこんでしまったのはなぜなのか思い出して顔を赤らめた。

「ええ。あなたは眠らなかったの？」

「二、三、電話をしなければならなかったからね。祖母の所へも掛けたよ。僕らが結婚したと知ってとても喜んでいた。帰りにぜひ寄ってくれと言っていた。コーヒーはいるかい？」

「ええ」スージーは肘かけ椅子に丸くなった。

　ウルフは、ほかに誰の所へ電話したのだろう。マダム・デュポン？　レディ・ベリンダ？　彼は昔の女たちが、新聞を見て初めてこのことを知るなどという事態は嫌うはずだ。新聞も雑誌も、ウルフが独身時代に終止符を打ったことはまだ知らない。が、いつまでも伏せておくことができるはずはない。いずれ、タブロイド版新聞がまっ先に書きたてるだろう。いかにも彼らが喜びそうな記事だ。見出しが目に浮かぶようだった。

〝大富豪、密かに結婚〟〝秘書スージー、ボスを釣る〟マスコミは当然ウルフの過去の女性たちの談話をとろうとするだろう。ウルフは、マダム・デュポンやレディ・ベリンダがリポーターに包囲される前に、事のしだいをぜひとも二人に知らせておかなければならないわけだ。

　それはわかっていても、隣室でじぶんが眠っている間、ウルフが彼女たちと話をしていたと思うと、胸がかきむしられるようだ。

「君も何か頼むといい」ウルフは、コーヒーのカップをスージーに手渡して言った。「ルームサービスは午前一時までオーダーできる。何がいい？」

「私、そんなにお腹《なか》は空《す》いていないわ。そのサンドイッチを一切れいただければ。いいかしら？」

　ウルフはスージーに皿とナプキン、そしてサーモンとチキン、それに彼の好物のなつめやしの実入りのクリームチーズのサンドイッチを差し出した。

「おばあ様はなんとおっしゃって？　びっくりなさったでしょう？」

「そんなことはなかったよ。たぶん祖母は、僕より先に直感でわかっていたのだろう。完璧《かんぺき》な秘書はまた完璧な妻にもなるだろうってことをね」

それはほめ言葉であったろうが、スージーはなぜか嬉《うれ》しくなかった。心にもないお世辞を言われているような気がした。

「言葉ではおっしゃらなくても、びっくりされたはずだわ」スージーは言った。「腹をお立てにならなければいいけれど。こういう結婚を望んでいらしたはずはありませんものね」

「祖母は賢明な人さ。僕が、じぶんで選んでする結婚でなければ我慢できないことをよく知っている――これは僕が望んだ結婚だ」ウルフの声には、微《かす》かな苛《いら》立ちがあった。

が、祖母への報告は、ほかの二人の女性たちに話すよりも楽ではあったろうと、スージーは思った。

上流階級の生まれで気位の高いレディ・ベリンダは、平然として、不平一つもらさなかっただろう。けれどマダム・デュポンはさぞかし……彼女は愁嘆場を演じそうな激しやすいタイプの人だ。

「難しい顔をしているね」ウルフが言った。「花嫁がハネムーンの夜にそんな顔をしてはいけないよ。夫の愛のテクニックにがっかりしたというのなら別だが」

「まあ、そんな……」スージーは目を伏せた。「素晴らしかったわ。思い描いていた以上だったわ。本当に……エクスタシー」

「それならば」とウルフは歩み寄り、スージーの椅子の腕に腰かけた。「もう一度……」

彼はスージーの体をつつんでいるバスタオルを解いた。

あっという間に二人は、暖炉の火で温かい敷物の上に体を横たえていた。ウルフの腕に抱かれている限り、彼の過去も、彼の妻としてのこれからの危惧《きぐ》も、強い喜びの前に、スージーの心からぬぐい去られてしまうのだった。

　朝、ウルフはいつもどおり、朝食前にジョギングに出ていった。スージーをベッドに残して。が、スージーは彼が出ていくとすぐにはね起き、歯をみがき髪にくしを入れ、新しいバナナ・イエローのトラックスーツを着こんだ。ハネムーン中というくらいの理由でウルフが習慣を変えるはずがないと予想し、彼を驚かしてやろうと思っていたのだった。

　今までウルフと一緒に走ったことはないし、一人で規則的に走っているわけでもなかったが、体を動かす訓練はいろいろとしているので、体のコンディションには自信があった。

　古城のホテルは美しい湖に近く、周囲を見事な公園にとり囲まれていた。その公園で、スージーは一走りして戻ってきたウルフに出会った。

「素晴らしい朝ね」スージーは、近づいてくるウルフを待ちながら、ジョギングの足踏みを続けた。

　彼は白い歯を見せて笑った。顔は汗で光っている。

「そいつはなかなかシックなランニングウェアだな。しかし、君がここまで走ってきたとなると、歩いて戻るほうがいい。花嫁に、脚を動かすたびにいたいとしかめっ面されるのはごめんだよ」

　スージーは笑った。「心配ご無用よ」と、ウルフのペースに合わせて走った。

　そのペースでウルフと同じ距離を走れるようになるには、まだもう少し時間がいる。が、毎日欠かさず柔軟体操をしているので、かなり走っても脚がこわばってつらいということはなかった。女性は筋肉の発達を司《つかさど》るホルモンが少ないので、体を鍛えても、男性のようにそれが如実に体型には表れない。けれど今のスージーは、ウルフの下で働きはじめた当初の弱々しい女ではなくなっていた。

　城に近づくと、スージーは挑戦をかけた。「あの木まで競走よ！」そして全速力で走り出した。

　後ろを走っていたウルフはすぐにたちまちスージ

ーを抜き、先に木に到達すると、振り返って両腕を広げた。スージーは最後の力を振りしぼり、その腕の中に飛びこんだ。

ウルフは大きく息をしながらも、息をきらして飛びこんできたスージーを、しっかりと抱きとめた。

スージーは、〝あなたを愛しているわ〟と言いたい衝動に襲われた。そして〝僕も君を愛しているよ〟という彼の言葉を聞きたいと思った。が、愛をくだらない感傷の産物だと考えている彼に向かって、それは言えなかった。

「私、お腹がぺこぺこよ」と、スージーは言った。

「オーストリアの朝食って、どんなものが出るの」

「どかっと出てくる。しかし、その前に君は十分間風呂につかったほうがいいな」

「言いつけに従いますわ。あなたはエキスパートですものね」

ウルフがお湯を入れてくれたバスタブに身を沈めながら、スージーはひげをそっている彼の背中の筋肉の見事さに見とれていた。一年のうち何度もアカプルコやトバゴに行くので、彼の体の中で日焼けしていないのは一部分だけ、水泳パンツでかくされている部分だけだった。

ひげをそり終わると、ウルフはシャワー室に入った。ガラスのドア越しに、石けんの泡をいっぱいに立てて体を洗っているウルフがスージーには見える。彼のハミングが聞こえてきた。

結婚式の次の朝、彼がシャワーで鼻歌をうたっているというのは、良い兆しであろう。が、それは、今の私に目新しさという価値があるからなのだと、スージーは思った。それがいつまで続くだろう。一カ月共に夜を過ごした後も、彼は朝鼻歌をうたうだろうか。半年たったら……一年の後にはどうだろう。

ウルフがシャワー室から出てくると、スージーはバスタブの排水栓を開いて立ち上がった。「私、シャワーで髪を洗うわ」

ウルフとしばしば旅行をしている間にスージーは、大きい化粧バッグを一つ持つより、中ぐらいのものを幾つか使ったほうが便利だということを学んでいた。一つはマニキュアに必要な道具を入れるバッグ、もう一つはドライヤーや髪の手入れの用具、三つ目は化粧品類、四つ目にはそのほかの細々としたものを入れていた。

というわけで、スージーはすぐにシャンプーを探し出した。ウルフの側をすり抜けようとすると、彼はスージーの首のつけ根に唇を押しつけ、乳房をてのひらでつつんだ。

「僕が洗ってあげようか」とウルフは言った。

彼の指はスージーの胸の桃色の先端を、ゆっくりなでていた。スージーは目を閉じた。

「そうしたいなら」と答えたスージーの声は、もう震えていた。彼にそうして愛撫されるたびに、スージーの反応は早く強くなっていく。

ウルフはしばらく指でたわむれていたと思うと、急にスージーをシャワー室に押しこんだ。

「シンガポールの雨はこんなふうだった」

ウルフはお湯の栓を大きく開き、頭や肩に打ちかかる水しぶきの中で、スージーを抱き寄せ、キスをした。

びっくりするほど上手に髪を洗ってくれた後で、ウルフは床にタオルを広げてその上でスージーと愛し合った。

「あなたはバスルームがよほど好きなのね」と、スージーは後で、ドライヤーのアダプターをアメリカ用からヨーロッパ用にとりかえながらからかうように言った。

「ベッドよりここのほうがいい。愛し合うにはそのほうが向いている」

スージーの耳に彼の返事は、あまりにムードのないそっけないものに聞こえた。まるで柔軟体操の話でもしているようだった。

ゆっくりと朝食をとった後、二人はロールスロイスに乗ってザルツブルクへ行き、モーツァルトの像のある広場で降りた。

スージーはたちまち、昔ながらの家並みの続く横丁やバロック建築の建物、彫像がたち並ぶ美しい庭園や、丘の頂に森に囲まれて建つ中世のホーエンザルツブルク城のながめに心を奪われてしまった。

「この町は長い間カトリックの司教が治めていたんだ。司教といっても王侯のような暮らしをしていてね」と、ウルフは話してくれた。「ミラベル城は、司教の一人が自分の愛人のために建てたんだよ」

ゲトライダ通りの店は、あつかっている品物を表す、鋳物の飾り看板を出していた。

ウルフは、スージーにチロルの民族衣装を一そろい買うと言ってきかなかった。彼は鮮やかなぼたん色に白い模様のあるボディスとフレアースカート、肘の所にフリルのついたローンのブラウス、そして刺しゅう飾りの白いエプロンをスージーに選んでくれた。

スージーはウルフに、色違いの折り襟に銀ボタンがついた昔の貴族風のユンカージャケットを買ったらとすすめたが、彼は笑って受けつけなかった。買った服は後でとりに来ると言って店に預け、ウルフはスージーを通りの向かい側の〝金の雄鹿〟という店に昼食に連れていった。

店の中はほの暗く、周囲の白い壁には鹿の角がおびただしく飾られ、曲がり木の古い椅子が置かれていて、狩小屋の雰囲気を作っていた。

バーに入っていくと、バーテンはすぐにウルフに気づき、毎度と、あいさつをした。飲んでいると、革の半ズボンに黒いストッキング、派手なピンクのタイに茶色いユンカージャケットといういでたちの男が入ってきた。

ウルフはその男とも顔見知りだった。握手を交わしてからウルフは彼を、このホテルのオーナーのヴァルダドルフ伯爵だと、スージーに紹介してくれた。

「これは僕の妻だ。僕らは昨日ニューヨークで結婚したんだが、当分の間このことは伏せておいてほしいんだ」

〝金の雄鹿〟の主人は、うやうやしくスージーの手に接吻《せっぷん》し、「あなたがもはや手の届かぬ人妻だとは残念なことです」と言ったが、まんざらお世辞ばかりではないように聞こえた。

フェスティバル期間のディナーは八カ月前から予約が必要だという、ドーム天井のダイニングルームで昼食をとりながら、ウルフは、伯爵は絶対に信用がおける人物だと、スージーに言った。

「彼は、僕らよりずっとニュース価値のある人のプライバシーの秘密を固く守っている。王族とか大統領とか、ここには世界中の金持や有名人が泊まるからね」

フェスティバル中には、ザルツブルク出身の世界的に有名な指揮者ヘルベルト・フォン・カラヤンやキリ・テ・カナワのような大歌手もこの店を社交の場として使うのだと、ウルフは言った。

ウルフの話に耳を傾けながら、スージーはまたしても、ではその時彼は誰と一緒だったのだろうと、思ってしまうのだった。たった一人でフェスティバルに来たとは思えない。ここの寝室で彼はほかの女性たちと愛し合ったのだろうか。だからこの〝金の雄鹿〟ではなく、古城のホテルに宿をとったのだろうか？

そんなことを思っていると、骨つきの子牛のローストや、子牛のキドニーのムースがのどを通らなくなってくるのだった。

デザートはザルツブルク風ノッケルンという、泡立てた卵白に砂糖と卵黄、バニラに刻んだシトラスの皮を混ぜたものをこんもりと山形に盛ったお菓子で、素晴らしくおいしかった。

ウルフはデザートをおかわりし、スージーにもそうしたらとすすめた。

「君はもう少し太っても大丈夫だよ」

「でもそうしたら、せっかく買ったチロルの民族衣装が着られなくなってよ」と、スージーは言った。

スージーは、ウルフがああ言ったのは冗談だろうか、それとも今の私は少しやせすぎて、もっと豊満なほうが好きだということだろうかと、思った。

昼食後、二人はまたしばらく買い物をして歩いた。

モーツァルトの生家の一階は現在花屋になっていた。その建物を見上げながら、ウルフが言った。

「モーツァルトは三歳でピアノを弾きはじめ、十二歳の時にオペラを書いたんだ。彼は若くして、三十歳半ばで死んだが、六百もの作品を残している。しかも、そのほとんどが傑作だ。ところが彼の生活は苦しくて、金にきゅうきゅうとしていたんだよ」

「結婚していたの？」とスージーはきいた。

「うん。ウィーンに出た一年後、父親の猛反対を押し切って、二十六歳で結婚した。コンスタンツェという女性とね。彼女も音楽家だったが、彼女がモーツァルトを経済的に苦しめることになった」

「でも二人は一緒に暮らして音楽があれば、貧乏など苦にならなかったんじゃないかしら」スージーは言った。

ウルフは皮肉な笑いを返した。「愛は胃袋を満たしちゃくれないし、体を温かくしてもくれないさ——ベッドに入っている時は別だろうがね」

「そうね。冬のウィーンで火なしで暮らすのはつらいわね」スージーは冗談めかして答えた。

確かにそのとおりだと、ウルフの言うことは頭では納得できる。が、スージーは、彼とじぶんとの関係の限界をあらためて思い知らされる気もしたのだった。ハネムーン中に、新妻のロマンティックな思いに、あんな味気ない現実的な答え方でふたをしてしまう夫など、彼のほかにはいないだろう。

きれいなドライフラワーを売っている店や、農婦が摘んだ野生の香草を布袋に入れ、古いそりに積んで置いている店があった。お客が二、三人入るといっぱいになってしまいそうな小さな店なのに、百種類以上のチーズがあるという変わった店もある。

民芸品を専門にあつかっている店で、手塗りの小箱と飾りろうそくを買ってから、ウルフとスージーはぶらぶらと待たせてあったロールスロイスに戻り、城へ帰った。

ウルフは室内プールで一泳ぎしようとスージーを誘い、その後で二人は、湖水を見晴らす個室の日の当たるバルコニーでお茶を飲んだ。

「さて、夕食の前に少し休んだほうがいいだろう」

とウルフは言い、微笑した。

それは無論、もう一度愛し合おうという意味だった。

六日間スージーは肉体の喜びに浸って暮らした。温かい晴れのお天気が続き、二人は毎朝一緒にジョギングをしてその後でたっぷりとした朝食をとった。ある朝ウルフはスージーを、モンクスブルク山の頂にあるカフェ・ヴィンクラーに連れていった。そこからは町が一望でき、またザットラーパノラマという壁画があって、現在と一八二八年当時のザルツブルクの町を比べてながめられた。

コーヒーを飲んだ後二人は町を見物したり、スージーの家族のためのおみやげを探したりして過ごした。ウルフはショッピングが好きらしく、いつも必ず何かしらスージーに買ってくれた。

午後には美しいオーストリアの田園をゆっくりと歩いた。

ウルフはスージーに、スージーが知らなかった愛の行為のあれこれを教えてくれた。けれど言葉による愛の表現は、ベッドの上の睦言《むつごと》一つ、二人の間にはなかった。

ウルフは、夕食のために装ったスージーを美しいとほめてくれる。スージーの髪をきれいだと言ってくれる。がそういう時も彼は決して甘い言葉――ダーリンというような呼び方さえ口にしないのだった。

六日間二人は夜も昼もほとんど一分一秒も離れず共に過ごした。肉体的にはこれ以上密着できないくらいに密着し、たがいの肺から息を吸いさえした。

けれど、それほど一緒にいながらなお、二人は相手が何を思い何を考えているのかよくわからない、他人同士のようなところがずいぶんあった。

ホテルにはテレックスのサービスもあった。ウルフは通信をたくさん受けとっていたが、それをスージーには見せようとしなかったし、仕事のことは気づかわなくていいと言った。

古城のホテルでの七日目の朝、ウルフはスージーに、ロンドンへ行ってこなくてはならないと言った。

「君は一緒に来なくていい。今夜戻れないとしても、明日の昼食前までに必ず帰ってくるよ。君はその間ゆっくり充電しておいてくれ」と、彼はにやっとした。

スージーはその朝、疲れてしまったからと言いわけをして、ジョギングには行かなかった。愛撫で眠りから覚め、そしてすぐに幾度もクライマックスに達した後だったからだ。

ウルフは、ハネムーンを中断せざるを得なくなった理由を言わなかったし、スージーも尋ねるのはためらわれた。彼はいつまでオーストリアに滞在する予定でいるのかも話してくれず、そのこともスージーはきかずにいた。この快楽生活に飽きるまでいるつもりなのかもしれない。

　スージーはザルツブルク空港にウルフを見送りに行き、その後市内で過ごした。昼食後はホテルのサウナとマッサージを初めて試してみた。

　部屋で一人きりになり、ラジオの音楽を聴くか、買ってきた絵はがきに走り書きをする以外にすることがなくなると、それまで胸の奥に押しこめてきた思いが一挙に噴き出した。

　ウルフはレディ・ベリンダに結婚したことを告げに出かけたのだろうか。二人は昼食を共にしただろうか。レディ・ベリンダは苦悩をみじんも顔に表さず、立派な態度を見せてウルフをさすがと感服させたかもしれない。そして長い間保ってきた好ましい関係に終止符を打つのは残念だと言いはしなかったろうか。もし、そう言ったとすれば、彼は終止符は打つまい。自分の生き方のルールを持っている人だから、レディ・ベリンダさえ今までどおりで構わないと言えば、縁を切る必要はないと思うのではないだろうか。

　スージーは嫉妬《しっと》に身を焼きながら室内を行きつ戻りつし、ウルフを愛しても彼をじぶんだけのもとにつなぎとめておける女はいないのだと思った。

　私は彼が愛していてくれないことを知りつつ、結婚することを承諾した。が、レディ・ベリンダはウルフにマダム・デュポンやソーヤー夫人という女がいても平然としていた。とすれば、私という妻がいても平気かもしれない。

　今この瞬間、あるいは二人はコンノートホテルでベッドを共にしているかもしれない。ウルフは疲れを知らない人だ。セックスをすることなど、彼にとってはなんでもない。ここへ来てからも、何度も愛し合っている。相手が変われば、それが刺激にもなるだろう。

スージーは、自分がそんな恐ろしい疑惑を抱いていることをおぞましく思いながらも、そんなことは決してないとそれを払いのけることはできず、メイドがカーテンを閉め、ベッドの支度をしに来るまで、悶々《もんもん》としていた。

空腹を感じてというよりは時間つぶしのために、スージーはルームサービスに電話をして、軽い夕食と、ふと思いついてシャンペンを注文した。

が、食事が運ばれてくる前にもう、スージーはなんとなく後ろめたくなり、やはりミネラルウォーターを頼めばよかったと思った。ウエイターが、ボトルの口のコルクを締めつけているワイヤーをはずしながら、どう思っているだろうかと気になった。無表情の顔の下で、はしたない女だと思っているのではないだろうか。

スージーは、そこではっと気づいた——他人の思わくをいちいち気にするのはいけない。ウルフが知ったらきっと苛立ちを感じるだろう。世界的な投資家であるウルフ・バイナーの妻になった今、もっとさばけた物の見方を身につけなければいけない。

シャンペンのはじめの一杯は、スージーの食欲を刺激した。スージーが注文した夕食は、アボカドの冷たいスープと、フランスショウロを添えた炒り《スクランブル》卵《エッグ》、ガーリックを入れたドレッシングで和えたきゅうりのサラダだった。

二杯目のシャンペンは、ウルフは今何をしているのだろうというずきずきするような不安な思いを、しだいにやわらげてくれるようだった。

コーヒーも注文してあったのだが、非の打ちどころのないホテルのサービスにも初めてミスがあったと見え、さくさくとした口当たりの焼き菓子を食べ終わって少ししてから、ウエイターがドアをノックして入ってきた。

「コーヒーは火の側でお召し上がりになりますか、奥様」と、ウエイターは言った。

「ええ……そうね」

　スージーは立ち上がり、ソファに移った。ウエイターはコーヒーのトレイをソファの前のテーブルに置き、シャンペンを入れた氷バケツとグラスをスージーの手の届く所に並べると、食後のテーブルを片づけて出ていった。

　コーヒーには、つい手を伸ばしたくなるようなハンドメイドのチョコレートの皿が添えられていた。スージーはコーヒーを注ぎ、クリームを入れ、チョコレートをつまんで口に入れた。ブラックチョコレートは舌の上でとろりと溶け、砂糖づけの果物とリキュールの味がした。

　チョコレートを三つ食べ、三杯目のシャンペンを飲んでいると、電話が鳴った。テーブルの上の電話の所へ、毛皮の敷物を踏んで行きながら、スージーは少し酔いを感じた。チョコレートに入っていたリキュールは、量は少なくても、思ったよりもアルコール度が強かったらしい。

「もしもし」

「僕がいなくて寂しいかい？」

「ウルフ！」スージーは彼が電話をしてくるとは思ってもみなかったので、彼の声を聞くと嬉しさで胸がはずんだ。

「今何をしているんだい？」

「あの……私、夕食がすんだところよ。今、火の側でチョコレートを食べているの」スージーは少しためらってから言った。「あなたは何をしてらっしゃるの？」

「僕は今コニャックを飲みながら、ある人がチョコレートを食べているのをながめているんだ。彼女の好きな、シャーボネル・アンド・ウォーカーの、砂糖づけのジンジャーがまん中に入っているやつを、おみやげに持ってきたんだよ。彼女が君と話したいと言っている」

シャーボネル・アンド・ウォーカーというのはロンドンのチョコレートの老舗《しにせ》だ。スージーは、レディ・ベリンダのものうく冷ややかな声を想像し、頭がきりきりとなった。

「ウルフがとうとう人生の伴侶《はんりょ》を見つけてくれたので、私はそれは嬉しく思っているんですよ。もう見つからないのじゃないかと、半分あきらめていたところですもの。本当によかったわ。この世とお別れする前に、大おばあちゃまになるのを楽しみに待っていますよ」

スージーは安堵《あんど》のあまり、少しの間、言葉が口から出てこなかった。

「わかっただろう」と、ウルフが祖母にかわって言った。「ザルツブルク行きの最終便に間に合わなかったんで、パリに泊まることにしたんだよ。明日は正午ぐらいにそっちに着く予定だ」

「まあ、そう……それじゃ、明日ね。電話をしてくださってありがとう。おやすみなさい、ウルフ」

「おやすみ」と、ウルフはフランス語で言った。

が、受話器を置いたとたん、ウルフの声を聞けた嬉しさも、彼の祖母が示してくれたまぎれもない温かい祝福も、彼はレディ・ベリンダよりマダム・デュポンのベッドに心を誘われたのではないかという思いがわいてきて、台なしになってしまった。

スージーはシャンペンの残りを、ベッドの中で飲み干した。リキュール入りのチョコレートを五つ食べたことも手伝って、横になるとたちまち眠りに落ちた。

次の朝、スージーは恐ろしく気分が悪かった。シャンペンは宿酔を起こさないというのは嘘《うそ》らしかった。さもなければチョコレートのせいかもしれなかったが、頭がずきずきし、朝食という言葉を思い浮かべただけで、胸がむかついた。

シャワーを浴びても気分はよくならなかった。鎮痛剤をのむ前に、スージーはコーヒーとトーストをとった。ウルフが戻ってくる前になんとか直しておかなければならない。愛情のある夫ならば、青ざめた顔を見れば一層優しくしてくれるだろうが、それはウルフには望めないことだった。

スージーはコーヒーをブラックで飲み、バターもジャムもつけずにトーストを食べた。

やがて、いたみはしだいに治まってくる兆しを見せた。スージーは、気分が悪いのは昨夜アルコールをとりすぎたせいばかりではないことに気がついた。

三週間の間にスージーの人生には激変があったのだが、体はいつに変わらぬ周期を保っていてそれが訪れたのだ。スージーは、うめきたいくらいがっかりした。

彼はスージーがすぐに身ごもるものと期待して結婚したのではないかと思う。それは、スージー自身も望んでいたことだがだめだった。

朝食後スージーは散歩に出た。さわやかな空気を吸い体を動かしたので、気分はほぼ正常な状態に戻った。

正午少し過ぎ、正面入口にすべりこんだロールスロイスから降りたったウルフを、スージーは初めてのドレスで身を飾り、明るい笑顔で出迎えた。

いつものように、ウルフの旅の荷物はブリーフケース一つだったが、彼は一目でわかる黒と金の、ロンドンの書店のビニール袋を抱えていた。「君が読みたいだろうと思ってね。最新のベストセラーと、雑誌だよ」と、彼はスージーの頬にキスをした。

「ええ、読みたかったわ、ありがとう。ご用は首尾よくお済みになって？」と、スージーは尋ねた。何もきかないのは、かえって不自然だろうと思ったからだ。

「うん、やっかいな用だったが、しかし、ぜひとも片づけておかなければならないことだったからね。今夜はビアホールへ行ってゆっくり寛《くつろ》ぐってのはどうかな」

彼がすばやく話題を変えたことに、スージーはいやでも気づかざるを得なかったが、無理に屈託なく答えた。「なんでも一度は試してみたいわ」

「よし。まだ君と試していないことがずいぶんあるぞ」階段をのぼりながらウルフは、スージーに意味ありげな目を向けて、にやっとした。

部屋に着くと、ウルフは外のドアのノブに〝入室禁止〟の札をかけ、錠をおろした。

ウルフは椅子の上にブリーフケースと本の袋を投げ出すと、腕を広げた。「さあ、ちゃんとしたあいさつをしよう」

スージーはウルフの方へ踏み出したが、すぐに足を止めた。

「あの……私、今戦闘中止なの」

スージーはウルフが察してくれるだろうとは思っていた。

彼が「それならビアホールへ行くのは延期しよう。今夜は静かに本を読んで過ごすことにしよう」と言ったのでほっとした。昼食後ウルフはスージーに、「今朝パリでジョギングをしそこなったから一走りしてくるよ。その間新しい雑誌に目でも通していてくれるかい？」と言った。

スージーはウルフが出かけていった後で思った。マダム・デュポンと夜更かしをしたのだろうか。彼女がウルフを、ぎりぎりの時間まで、ベッドから放そうとしなかったのだろうか？

10

ああ、本当にもうこんなことを考えるのはやめなくては——スージーはじぶんに言いきかせた。こんな病的で無益な嫉妬《しっと》から抜け出さなくてはいけない。彼は今ここに——ほかの人の所ではなく、私の側《そば》にいるのだ。妻という立場は、愛人よりずっと強いはず——賢く振る舞いさえすれば。

ウルフはジョギングから戻ると、シャワーを浴びた。そして、ロンドンから買ってきた本を一冊とり上げると、すぐに読書に没頭してしまった。

彼が読んでいるのは、ディック・フランシスのミステリーだったから、読み終えるまでまず本を放さないだろう。

夕食後、ウルフはまたすぐに本をとり上げたので、スージーはゆっくり入浴し、髪や顔の手入れをした。そして、ナイトドレスに着がえて居間に行った。

「まだ早いけれど、私、床に入ることにしますわ」

「僕はこれを読み終わってからにする。君が眠ってしまっていたら、起こさないように気をつけるよ」

スージーは、枕《まくら》を二つ重ねて楽な姿勢を整え、本を開いた。一時間ほど本を読んでから、枕をはずし、あかりを消して横になった。またいまわしい方向に思いを持ってゆくまいと、スージーはヨークシャーの家族のこと、いずれそこを訪れる時のことを頭に描いてみた。

スージーは、田舎のウォーカー家の部屋の戸口に立っている……と思うと、ベッドの上に、ウルフに抱かれて座っていた。恐ろしい夢をみて、体ががたがたと震えていた。

「夢をみていたんだよ。もう大丈夫だ」ウルフはスージーの背中をなでてしっかりと抱き締めた。

ベッドサイドランプのアプリコット色の光――ヨークシャーの冬の午後の光とはまるで違う。が、スージーはまだ夢から覚めきらず、恐ろしい、生々しい記憶におびえて泣きだした。

ウルフはスージーの頭を胸に抱き寄せ、髪をなでていた。そして、スージーの嗚咽《おえつ》が治まってくると、ティシューを手渡してくれた。

「すぐ戻ってくるよ」と、ウルフは言った。彼はまだ昼の服装のままで、居間にはあかりがついていた。たぶん彼はまだ本を読んでいて、スージーがうなされて叫び声をあげたのを聞きつけたのだろう。

涙にかすんだ目で、スージーはテーブルの上の時計を見た。真夜中少し過ぎだった。

ウルフは、ブランデーのボトルとグラスを持って戻ってきた。彼はブランデーをついでスージーに手渡すと、側に腰をおろし、お酒をすするスージーの左手を握っていてくれた。のどを通っていく火のような感じにもまして、ウルフの強く温かい手がスージーの気持を静めてくれた。

「ごめんなさい」

「謝ることなど少しもないよ」

ウルフはラジオのスイッチを入れ、チューナーをまわして軽い音楽をかけた。彼はスージーの悪夢を消し去ろうと、できる限りのことをしてくれているのだ。

「本を読んでしまったから、僕ももう寝るよ」

彼は立ち上がり、服を脱ぎながら、ファッション雑誌に、買いたいと思うような物が載っていたかどうかきいた。

ベッドの中で、ウルフはスージーを抱き寄せた。彼はいつものように裸だったが、スージーは今夜はナイトドレスを着ていた。

「おやすみ、スージー」ウルフはスージーの肩先に軽く唇をふれた。

「おやすみなさい」スージーは心の中で、〝あなた〟と、言い添えた。


次の朝、いつものとおり一緒に走った後の朝食のテーブルで、ウルフは「どんな悪夢だったんだ」ときいた。

スージーはどきりとした。「あの……どう言ったらいいのかしら。わかるでしょう、夢って……」

ウルフはしばらく、じっとスージーを見つめていた。「君は、前の夫の名前を呼んでいたよ」

思い出したくない――スージーは体を硬くした。

「彼の夢をよくみるのかい？」黙っているスージーにウルフは尋ねた。

「いいえ、いいえ……私、眠る前にヨークシャーのことを考えていたの。だから、きっとそのせいよ。私たち、きょうは何をしましょうか？」

ウルフはしばらく窓の外に目を向けていた。スージーはふっと、彼がじりじりしているようだと思った。その印象を裏づけるように、彼は言った。「ジェノバに行って港へドライブしようか。しばらく行っていないから」


結婚して三週間たってから、二人はヨークシャーのスージーの家を訪ねた。スージーは、ウルフが気ままな独身生活を失ったことを悔やんでいるらしいのを、ひしひしと感じるようになっていた。

彼はそれを表に出さないように努めているようだったが、落ち着かない様子はおのずとスージーに伝わってきた。ほとんど毎晩二人は愛し合ったが、行為の後彼は、スージーが寝入るのを待ってそっと起き上がり、部屋を出ていくのだった。

夜起き出して片づけなければならないような、重要な仕事があるわけではなかった。彼は事業にも以前のような情熱をなくしているようで、何かわからないが、彼が心に悩みを抱いているとしか思えなかった。

二人は読書に時を過ごすことが多かったが、スージーが本から目を上げると、ウルフがじっとこちらを見つめているということが、よくあった。

そんな時ウルフは、スージーのまつげが長いとか髪がブロンドなのに眉毛は黒くてくっきりしているとか、お世辞のようなことを言うのだった。

が、スージーには彼が心からそんなことを言っているのではないことがわかっていた。彼の目は賞賛の言葉とは裏腹に、不機嫌を抑えつけているように暗いのだった。

私が妊娠しなかったことに腹を立てているのかしらと、スージーは思った。

常識的に考えれば、ウルフがそんな無理勝手な人間ではないはずだと思う。けれど、常識はスージーの募る不安に歯止めをかけてはくれなかった。

二人はヨークシャーまで空路をとり、リーズからブロックソープまでは車を雇った。

「家族に会うのはずいぶん久しぶりだから、わくわくするだろう」と、ウルフが言った。

スージーはうなずいたが、実のところ危惧《きぐ》のほうが大きかった。彼が、家族を退屈な人間だと思ってうんざりするのではないか、そして、急いで結婚したことを一層後悔するのではないだろうかと、心配だった。

家に着くと、一家全員が集まり、待ち構えていた。母や姉たちはセットしたての髪で、男たちは窮屈そうに背広を着こんでいた。一番上等のテーブル掛けを掛けたテーブルに、盛大に夕方のお茶のごちそうが並んでいた。

スージーは前もって電話で母親に、何も特別なことはしないようにと、口をすっぱくして言っておいたのだが、まるで、女王陛下を迎えるような気張りようだった。

幸福で心和やかな状態であったならば、スージーはこういうお祭り騒ぎも嬉《うれ》しかったにちがいない。けれど、不安に苦しんでいるスージーには、夫を親《しん》戚《せき》一同に引き合わせるのが、苦痛でたまらなかった。

ウルフは持ち前の如才なさを発揮し、玄関をまたいで十分もたたないうちに、堅苦しい雰囲気を一掃してしまった。そして、誰とでも、上手に打ち解けて言葉を交わした。

三週間、ウルフと二人きりでぜい沢なスイートルームで暮らしてきたスージーには、両親の家はひどく狭苦しく感じられ、お茶が終わるころには、どこかもっと静かで広々とした所に逃げ出したくなっていた。

ブロックソープから三キロほど離れた所に、良いホテルがある。スージーは、そこに宿をとると電話で言っておいたのだが、キャンベル夫人はそれを無視して、夫に客間の準備を整えさせていた。

「でも、お母さん、もうグランジ・ホテルに予約をとってあるのよ。それにウルフは背が大きいでしょう、だから、普通サイズのベッドでは窮屈だわ」とスージーは言ったが、本当は寝心地が良いとはいえない、身動きするたびにきしる客間のベッドで寝たくなかったのだった。それに、声をひそめて話さない限り、話し声は狭い廊下を隔てた両親の寝室に筒抜けだった。

が、ウルフはスージーの反対を台なしにするようなことを言った。「グランジ・ホテルのベッドのほうが大きいという保証はないし、予約なら電話でとり消せばいい。泊めていただいて、本当にご迷惑じゃないんですか、キャンベル夫人?」

「迷惑だなんて、とんでもないですわ。泊まってくださらなかったら、かえって私たち気を悪くしますよ、ねえ、あなた」スージーの母は夫に加勢を求めた。

「そうだとも。荷物を運ぶのを手伝うよ」スージーの父は、二人が大きなスーツケースを幾つも持ってきていると思ってでもいるようだった。

　実のところ、二人の荷物は小さいスーツケース一個ずつだった。スージーは衣装のほとんどを、コンノートホテルに置いてきていた。

　大きなお風呂にゆっくりつかりたい。シャンペンを飲みたい。姉たちの質問攻めから逃れたい――スージーは、気の重い夜になりそうだと思った。

　やがて姉たち夫婦が、飽きて駄々をこねはじめた子供たちを連れて帰ってゆくと、家の中はやっと静かになり、スージーは幾分ほっとした。

　が、ゆっくりする間もなく、キャンベル夫人は、もうすぐ夕食だと、夫をせっついた。

　今ボリュームたっぷりのお茶を済ませたところなのにまたじきに食べるのかと思い、スージーは言った。「私たちには、ポテトはほんの少しでいいわ、お父さん。そんなに食べられませんもの」

「あんたはあまり食べていないみたいね」と、スージーの母は言った。「見るたびに細くなっているわ。この人はやせすぎていると思わないですか、ウルフ?」

「まあ、お母さんたら！　私に太れとお説教するより、姉さんたちにやせるように言ったらいいんだわ」スージーは言って、たちまち後悔した。

　母は傷ついた様子だった。「そんなことをお言いでないよ、スージー。ヘレンは少し太っているけれど、そういうたちなんだから仕方がないわ。それに、ボブはぽっちゃりしたヘレンが好きなんだから」

　さっきの発言を悔やみながらも、スージーはまた言い募りそうになった。「本当にそうだといいけれど。あの調子でいくと、ヘレンは今に……」

「スージーは、お姉さん方に比べると細めですが、健康状態なら心配ありませんよ、キャンベル夫人」ウルフがなかに入って言った。「少女の時にはたぶんもっと太っていたんでしょうね。しかし、彼女はそう太らない体質なんだと思いますよ」

スージーは思わず涙ぐみそうになった。ウルフがかばってくれた。

「私、上に行って荷を解いてきます」スージーは言った。混乱した気持を静める時間が欲しかった。

しばらくして、スージーが、とにかく今夜は気持を穏やかに保つように努めようと自分に言いきかせていると、階段をのぼってくる足音がした。客間にウルフが入ってきた。彼は手に、スージーの母のとっておきの甘いシェリー酒のグラスを持っていた。父は夕食後に毎晩一杯ウイスキーを飲むが、キャンベル家では食事中にワインを飲む習慣はなく、シャンペンとなると結婚祝いでもなければ飲まなかった。

「二十分で夕食だそうだ」と、ウルフは言った。

「ありがとう」スージーはグラスを受けとり、シェリーをすすったが、そのシロップのような甘さに思わず顔をしかめた。

「父はあなたにお酒を出さなかったの？」

「いや、すすめてくださったよ。でも僕は今夜飲みたくないんだ。お父さんが食事の後にパブに連れていってくださるそうだ。君がお母さんと二人きりになれるようにという配慮かもしれないね」

「二人きりになどなりたくないわ。こんなことを言うのはいやだけれど、母や姉たちと話なんて何一つないんですもの。思い出話ならできるでしょうけど、現在や将来のこととなると、まるで話が通じ合わないの。私はもう、ここの人たちと同じ世界の人間ではなくなってしまったのよ……かといって、私はあなたの世界にも入れないんだわ」

スージーの声は震え、かすれた。スージーは急いで窓の方に顔をそむけた。かつて見慣れた風景が、涙で曇った。

「君の心をかき乱しているのは、過去なのかい？」

ウルフはスージーの肩に手を置き、静かに尋ねた。

「ここに帰ってきてすべてが蘇《よみがえ》ってきた――彼の思い出に心をいためているのかい？」

あまり思いがけない問いに、涙でのどを詰まらせてもいたスージーは、すぐに言葉が出なかった。

「これから一緒に暮らしてゆく上で、どうしても無視して通れない問題があるようだ。君に結婚しようともちかけた時、僕は君がまだ最初の夫を愛し続けているのだとは知らなかった……また、僕が君を愛していることにも、じぶんで気づいていなかった」

スージーははっとして、ウルフを振り返った。

「今……今、なんておっしゃったの？」

「君には言うまいと思っていた。欲しいといっても無理なものを望んで君の心に負担をかけたくないと思った。しかし、僕は今、お互い正直にならなければいけないんじゃないかと思う。互いに心を偽りながら暮らしてはいけない。僕は君がクリスを愛していることを知っているわけだし、君は今僕の君に対する気持を知っているわけだ。が、二人で努力すれば、うまくやっていける。夫婦というのは、何かをのりこえていってこそ、一層いい夫婦になれるものさ」ウルフは穏やかに言った。

「ウルフ……」スージーは彼の胸に両手を置いた。

「ウルフ、あなたは誤解しているわ！　私が悲しいのはクリスのためではなかったのよ。きょうここへ帰ってきても、私はあなたのことしか思っていなかった――私はあなたを思ってつらくてたまらなかったのよ」

ウルフは、どういうことなのかわからないという顔で、スージーを見つめていた。

スージーは彼の肩に両腕を投げかけ、体を寄せた。

「ハンナは私に、あなたに恋をするなと警告してくれたわ。でも、私はもう恋をしてしまっていたの。あなたと初めて会った日に」

「僕はね、いつだったか、君がパリの道端のカフェにロベール・マリニといるのを見かけた。君があんな奴と一緒にいる、きっと奴とベッドを共にしているんだと思って、ひどくむしゃくしゃした。が、それが嫉妬だとは気がつかなかった。しかし、オーストリアで、君が夢の中で泣きながらクリスを呼んでいた。その時やっと、自分の気持に気がついた。君を愛しているということに。ああ、スージー……」

ウルフはスージーを固く抱き締め、熱い口でむさぼるようにキスをした。

しばらくして、スージーは、髪をそっとなでてくれている彼の肩に頭を預けながら言った。「私、あなたにまだお話ししていないことがあるわ。話さなかったのは、そのことを思い出すまいとしていたからなの。クリスは、事故の傷で死んだのではないの。彼は……彼は自分で死を選んだの。クリスは私を、ずっと続く看病の生活や、名ばかりの夫婦の関係から解き放ってくれたのでしょうね。オーストリアで、私、その日のことを夢にみたの。当時、私とクリスは彼の両親の家に同居していたんです。彼の両親がちょうど週末に家を空けている時で……。義母には休養が必要だったんです。とても悲嘆にくれて……一人息子が一生不具を背負ってゆかなければならなかったのだから、当たり前ね。私はクリスの犬を散歩に連れていっていたんです。そして、帰ってみると……もう手のほどこしようがなかったわ……。私が一番たまらなかったのは、最初のショックからさめた後、私、気づいたんです……自分がほっとしていることに」

「それは当然の感情だよ。そのことで自分を責めてはいけないよ。君はとにかく、結婚するには若すぎる年だったんだしね」ウルフが優しく言った。「結婚というのはおとなの行為だ。十九歳ではまだ、おとなとはいえない」

　数日後、ロンドンで買い物をしてジェームス・ドリューの店から出てきたスージーは、入ってくるレディ・ベリンダに出くわした。

　スージーはもう、ウルフの愛にみじんも疑いを抱いていなかった。彼がじぶん一人を愛していてくれているのを知っていた。

「こんにちは」と、スージーはこだわりなく声をかけた。

「まあ……スージー……」レディ・ベリンダはろうばいを見せた。

　この人は悲しそうだわと、スージーは同情に胸をいためた。ウルフの輝くような愛情にすっぽりとつつまれているスージーには、彼の愛をなくした女性に、心おきなく同情を注ぐことができるのだった。

ハーレクイン®

ハーレクイン・ロマンス　1985年12月刊（R-434）

トップセクレタリー
2025年3月20日発行

著　者	アン・ウィール
訳　者	松村和紀子（まつむら　わきこ）
発 行 人	鈴木幸辰
発 行 所	株式会社ハーパーコリンズ・ジャパン 東京都千代田区大手町1-5-1 電話 04-2951-2000（注文） 0570-008091（読者サービス係）
印刷・製本	大日本印刷株式会社 東京都新宿区市谷加賀町1-1-1

ISBN978-4-596-72453-3 C0297

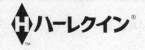

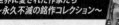

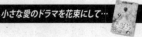

3月28日発売　ハーレクイン・シリーズ 4月5日刊

ハーレクイン・ロマンス　愛の激しさを知る

放蕩ボスへの秘書の献身愛 **〈大富豪の花嫁にⅠ〉**	ミリー・アダムズ／悠木美桜 訳	R-3957
城主とずぶ濡れのシンデレラ **〈独身富豪の独占愛Ⅱ〉**	ケイトリン・クルーズ／岬　一花 訳	R-3958
一夜の子のために **《伝説の名作選》**	マヤ・ブレイク／松本果蓮 訳	R-3959
愛することが怖くて **《伝説の名作選》**	リン・グレアム／西江璃子 訳	R-3960

ハーレクイン・イマージュ　ピュアな思いに満たされる

スペイン大富豪の愛の子	ケイト・ハーディ／神鳥奈穂子 訳	I-2845
真実は言えない **《至福の名作選》**	レベッカ・ウインターズ／すなみ　翔 訳	I-2846

ハーレクイン・マスターピース　世界に愛された作家たち　～永久不滅の銘作コレクション～

億万長者の駆け引き **《キャロル・モーティマー・コレクション》**	キャロル・モーティマー／結城玲子 訳	MP-115

ハーレクイン・ヒストリカル・スペシャル　華やかなりし時代へ誘う

公爵の手つかずの新妻	サラ・マロリー／藤倉詩音 訳	PHS-348
尼僧院から来た花嫁	デボラ・シモンズ／上木さよ子 訳	PHS-349

ハーレクイン・プレゼンツ作家シリーズ別冊　魅惑のテーマが光る極上セレクション

最後の船旅 **《ハーレクイン・ロマンス・タイムマシン》**	アン・ハンプソン／馬渕早苗 訳	PB-406

※予告なく発売日・刊行タイトルが変更になる場合がございます。ご了承ください。

ダイアナ・パーマー
アン・ハンプソン
花嫁の
願いごと一つ
The Bride's Only Wish